# 엄마, 참 예쁘다

# 엄마, 참 예쁘다

1판 1쇄 2021년 7월 25일
1판 2쇄 2022년 6월 10일

글 심은경

펴낸이 모계영   펴낸곳 가치창조   출판등록 제406-2012-000041호
주소 서울 종로구 사직로8길34, 1104호(경희궁의 아침 3단지 오피스텔)
전화 070-7733-3227   팩스 02-303-2375   이메일 shwimbook@hanmail.net
ISBN 978-89-6301-252-0 43810

© 심은경 2021

가치창조 공식 블로그 http://blog.naver.com/gachi2012
**단비청소년**은 가치창조 출판그룹의 청소년책 전문 브랜드입니다.

# 엄마, 참 예쁘다

심은경

단비청소년

# 차례

엄마,
참
예
쁘
다

'황토 숯불 불가마'

네온사인이 번쩍거렸다.

나는 어깨를 잔뜩 움츠리고 걸었다. 찬바람에 귀가 얼얼해서 견딜 수가 없었다. 이때, 빛바랜 군복 차림에 낡은 회색 점퍼를 입은 아저씨가 내 옆을 획 지나쳐 갔다. 신문지를 구겨 넣은 쇼핑백이 바람에 덜렁거렸다. 어스름 속에서도 초라한 아저씨의 행색이 눈에 띄었다.

엄마는 찜질방 입구에서 발을 동동거리고 있었다. 그러다 나를 발견하자마자 다짜고짜 '아들!' 하며 두 팔을 쫙 펼치다가 중심을 잃고 비틀거렸다.

"추워 죽겠는데 찜질방은 왜?"

나는 엄마를 부축하며 짜증을 냈다.

"뜨끈뜨끈한 데서 몸 좀 지지려고 그런다. 잔말 말고 따라와."

엄마는 막무가내로 나를 잡아끌었다. 엄마랑 단둘이 찜질방에 온 건 처음이었다. 나는 어색해서 머리카락을 털어 대며 딴청을 부렸다. 이럴 때 아빠가 있으면 얼마나 좋을까? 내 마음을 꿰뚫고 있을 엄마 시선이 느껴졌다.

"이따 찜질방에서 만나!"

엄마가 찜질방 옷과 수건을 건넸다. 나는 돌아보지 않고 탈의실로 올라갔다.

"몇 학년이니?"

누군가 말을 걸어왔다. 돌아보니 아까 본 군복 아저씨였다. 추위에 갈라 터진 아저씨 손등이 눈에 들어왔다. 손톱 밑은 새까맸다. 내가 흘끔거리자 아저씨가 무안한 듯 손을 뒤로 감추었다.

"험한 일을 하다 보니……. 그냥 우리 아들 녀석이 생각나서 물어본 거다."

"중1인데요."

나는 점퍼를 벗어 걸며 시큰둥하게 대답했다. 아저씨에 대한 경계의 눈초리도 늦추지 않았다. 눈치를 챈 아저씨가 알아서 자리를 피했다. 문득 아빠 얼굴이 스쳤다. 아빠도 내 생각하고 있을까?

찜질방에 내려가자 엄마는 기다렸다는 듯 식혜랑 구운 계란을 내 앞으로 내밀었다. 큰 선심이나 쓰는 것처럼.

"아들이랑 찜질방 오니까 좋네."

그러면서 흐흥흐흥 웃었다. 아빠랑 함께 왔으면 진짜 좋았겠죠. 나는 시무룩한 표정으로 대답을 대신했다.

"누가 오고집 아들 오민준 아니랄까 봐 퉁명스럽기는."

"아빠를 그런 식으로 말하지 마."

내가 날카롭게 쏘아붙였다. 엄마가 천장을 올려다보고 한숨을 폭 내쉬었다.

"가끔, 아주 가끔 아빠 소식 전해 주는 분이 있다고 했잖아."

"그럼 왜 찾아가지 않는 거야. 엄마가 아빠를……."

쫓아냈으면 찾아와야지. 나는 하려던 말을 꾹 눌러 참았다.

"공중전화로만 전화해서 그분도 연락처는 모른대. 그냥 잘 있다고만 전해 달라고 한다는데 어쩌겠니? 믿고 기다려 봐야지."

"아빠가 영영 돌아오지 않길 바라는 건 아니고?"

나도 모르게 속에 있던 말을 뱉어 버리고 말았다. 엄마는 놀라지도 않았다. 되레 농담하듯 받아쳤다.

"그러게 말이다. 차라리 소식이라도 모르면 더 멋진 남자라도 찾아볼 텐데. 그것도 못 하게 하는구나."

"지금 장난해!"

나도 모르게 발끈 소리를 질렀다. 아무리 농담이라지만 덜컥 겁이 났다. 정말 쥐도 새도 모르게 엄마가 내 곁을 떠날지도 모르는 일이다. 괜히 속마음을 들킨 것 같아 화가 났다. 나는 벌떡 일어나 무작정 걸어갔다. 돌아보니 엄마는 그새 텔레비전에 시선을 고정하고 키득키득 웃고 있었다. 그래, 난 엄마한테 골칫덩이일 뿐이지. 그때였다.

"이 자식아, 잘 데 없으면 그냥 길바닥에서 처자. 여기 와서 물 흐리지 말고. 안 나가?"

금목걸이를 한 뚱뚱한 아저씨가 어떤 아저씨의 멱살을 잡고 나타났다. 선글라스만 끼면 영락없는 저팔계였다. 저팔계는 고래고래 소리를 지르며 아저씨를 바닥에 내동댕이쳤다. 아저씨가 저만치 나자빠졌다. 맙소사! 군복이었다. 꽁지 모양의 턱수염 때문에 한눈에 알아볼 수 있었다. 저팔계의 기세에 주눅이 든 사람들이 넋 놓고 구경만 하고 있을 때였다.

"이봐요, 이 아저씨가 돈을 안 내고 들어왔나요?"

또랑또랑한 목소리의 주인공은 엄마였다. 하여튼 오지랖 넓은 건 알아줘야 한다. 저팔계를 어떻게 이길 것인가? 눈앞이 캄캄해졌다.

"신경 끊어요. 집도 절도 없는 놈들 숙박 시설이 되는 것도 열받는 일이니까."

저팔계가 엄마를 향해 눈을 부라렸다.

"한 동네 살면서 어떻게 모른 척해요?"

엄마도 지지 않고 대꾸했다. 대체 뭘 믿고 저러는지. 완전 창피했다. 나는 사람들 틈 속으로 숨었다. 누가 우리 엄마 좀 말려 주세요! 이렇게 외치고 싶은 걸 억지로 참으면서.

"잠만 자면 이러지도 않아요. 목욕탕에서 빨래하지 않나, 술 마시고 아무 데나 뻗어 있으니 손님들이 불안해하잖아요. 일일이 주머니 검사를 할 수도 없고 입장료를 돌려줘도 안 나가니, 원. 알고 보니 동네 찜질방에서 요주의 인물로 찍힌 양반이지 뭐요. 가뜩이나 불경기인데 장사 망칠 일 있어요?"

저팔계가 빈 소주병 하나를 번쩍 들어 보였다.

"저 아저씨. 다른 찜질방에서도 쫓겨나는 거 봤어."

"아이고 말 마요. 코는 또 얼마나 고는데요?"

단골 아줌마들과 동네 찜질방을 순회하는 아줌마들의 증언이 이어지자, 사방에서 "맞아, 맞아." 맞장구를 쳤다. 저팔계가 사람들을 의식하고 더 크게 소리쳤다.

"이 자식아, 얼른 짐 싸러 안 가?"

그러더니 군복을 남자 탈의실 쪽으로 질질 끌고 갔다. 군복은 순순히 끌려갔다. 사람들이 엄마를 이상한 눈으로 흘끗거렸다. 치, 아빠한테나 그렇게 하지. 쌤통이다.

잠시 후, 바깥에서 저팔계의 목소리가 다시 쩌렁쩌렁 울려 댔다. 사람들이 일제히 바깥쪽으로 몰려갔다. 엄마가 종종걸음으로 쫓아갔다. 불길한 생각이 들었다.

"개돼지처럼 얻어터져야 나갈래!"

황토 한약방, 아궁이 불가마에서 귀 밝은 사람들이 기웃거리며 나왔다. 그러고는 바깥 카운터 주변으로 모여들었다. 저팔계가 군복을 출입구 쪽으로 패대기쳤다. 철퍼덕! 그 위로 낡은 배낭과 꼬질꼬질한 운동화가 던져졌다. 군복이 두 팔로 물건들을 받아 내며 말했다.

"내일 아침, 아침까지만. 어, 어떻게 안, 안 되겠소?"

"엄동설한에 사람 얼려 죽일 일 있어요? 부탁하잖아요. 좀 봐 줍시다."

또 엄마가 나섰다. 사람들이 엄마에게 손가락질했다. 엄마는 보지 못했지만, 뒤에 서 있는 내 눈엔 다 보였다.

"당신이 이 남자 마누라야? 아까부터 왜 자꾸 나서요? 그렇게 걱정되면 아줌마가 책임지던가!"

"아니, 오죽 하……."

엄마도 아니다 싶었는지 말꼬리를 흐렸다. 내 귀엔, 당신이 이 남자 마누라야? 이 말만 왕왕 울려 댔다. 저팔계는 군복을 향해 눈을 한번 부라리고 그냥 쌩하니 들어가 버렸다. 엄마에게 따가운 눈총이 쏟아졌다. 나도 모른 척 돌아서고 싶었다. 하지만 이미 내 손은 엄마 옷자락을 잡아당기고 있었다. 엄마가 마지못한 척 끌려왔다. 몇몇 사람은 대놓고 엄마를 향해 혀를 찼다. 누가 봐도 저팔계의 승리였다. 아, 창피해 미치겠다.

"제발 그만 좀 해."

내가 조그맣게 속삭였다. 엄마가 그럴 입장이야? 이 말 대신 울상을 지었다. 엄마도 그런 내 마음을 눈치챈 듯했다.

"불가마에서 땀 좀 빼고 올게."

엄마가 힘없이 돌아서며 말했다. 엄마의 뒷모습이 지옥 불에 끌려가는 것처럼 축 늘어졌다. 네 죄를 네가 알렸다! 분노에 찬 목소리가 들려오는 것만 같았다. 나도 슬그머니 엄마 뒤를 따라갔다.

불가마에 들어서자마자 뜨거운 열기가 숨통을 죄어 오는 것 같았다. 어른들은 참 지독한 데가 있다. 이런 곳이 왜 좋다는 건지. 나는 금세 숨을 헐떡거리기 시작했다. 되돌아 나가려는데 흐흑 엄마가 흐느꼈다. 엄마는 무릎에 얼굴을 파묻고 있었지만, 분명히 울고 있었다.

"엄마."

놀란 나머지 나도 모르게 엄마를 부르고 말았다. 엄마가 고개를 들었다. 땀인지, 눈물인지, 흥건하게 젖은 얼굴. 아, 엄마도 우는구나. 울 줄 아는구나. 엄마가 내 어깨를 감쌌다.

"네 아빠한테는 그렇게 모질었는데……. 우습지?"

문득, 일 년 전 아빠 얼굴이 떠올랐다.

"애가 다니던 학원을 죄다 끊었어, 끊었다고! 근데 학교 준비물도 못 사 갈 지경이야. 지금 방구석에서 한숨이나 쉬고 있을

때야? 당장 나가. 흙을 파서라도 돈 벌어 와! 돈 벌어 오기 전에
는 들어오지 마!"

엄마가 아빠 등을 떠밀며 고래고래 소리를 질러 댔다. 하필 그
때, 나는 오줌이 마려워 방에서 나왔다가 아빠와 눈이 마주쳤다.
아빠가 못 본 척 고개를 돌렸다. 나는 현관문 닫히는 소리를 화
장실 안에서 들었다. 그게 마지막이었다.

"진짜로 안 들어오다니 바보같이."

"회사에서 해고된 게 아빠 잘못은 아니었잖아."

나도 마음속에 담아 두었던 말을 하고 말았다. 왈칵 눈물이 쏟
아졌다.

"어디서 험한 꼴은 당하지 말아야 할 텐데. 흐윽."

엄마가 수건에 얼굴을 파묻었다. 나는 숨을 헉헉거리며 찜질
방에서 나왔다. 찜질하는 것도 힘들었고, 엄마한테 눈물을 들키
고 싶지도 않았다. 다행히 엄마에 대한 미움은 조금 사라졌다.
엄마도 아빠를 걱정하고 있었구나. 스르르 마음이 놓였다. 눈꺼
풀이 점점 무거워졌다.


눈을 뜨니 벌써 아침이었다. 찜질방은 활기를 되찾고 있었고,

텔레비전에선 기상 캐스터가 날씨를 설명하고 있었다. 엄마는 피곤한 얼굴로 연신 하품을 해댔다.

"엄마, 오늘 기온이 영하래."

"말만 들어도 춥다. 얼른 목욕하고 집에 가자."

엄마가 서둘러 일어났다.

우리는 근처 상가에서 동태 한 마리를 사 들고 집으로 돌아가는 길이었다. 엄마가 눈을 동그랗게 뜨고 갑자기 어딘가를 가리켰다.

"저기, 그 사람 아니니?"

식당가 입구에 누군가 널브러져 있었다. 엄마는 벌써 그쪽으로 걸어가고 있었다.

세상에! 믿을 수가 없었다. 군복이 의식을 잃고 쓰러져 있었다. 빈 소주병이 담긴 봉지가 바람에 사락사락 흔들리고 있었다. 사람들이 혀를 끌끌 차며 지나갔다. 엄마가 급히 휴대폰을 꺼내어 버튼을 눌렀다.

"민준아, 여기 상황이랑 위치 설명해. 얼른!"

엄마가 휴대폰을 건네며 재촉했다. 내가 당황하는 사이 전화기 안에서 말을 걸어왔다.

"그러니까…… 여기가 황토 숯불 불가마 대로변 뒤쪽에 있는…… 아, 사람이 쓰러져 있어요. 응급처치할 수 있냐고요?"

나는 앵무새처럼 전화기 안의 말을 따라 했다. 처음엔 당황하던 엄마도 신속하게 군복의 코와 가슴에 손을 대 보았다. 그리고는 서슴없이 아저씨 가슴에 두 손을 얹고 힘껏 눌렀다. 누르고, 누르고 또……. 아저씨는 꿈쩍도 하지 않았다. 엄마 이마에 땀이 몽글몽글 맺혔다.

"손가락으로 코를 눌러 막고 입술을…… 네? 인공호흡을 하라고요? 엄마, 그냥 가자."

나는 너무 당황한 나머지 전화를 끊고 말았다. 더 이상 시키는 대로 하는 건 무리였다. 지나가던 사람들이 하나둘 모여들었다. 나는 창피해서 얼굴을 들 수가 없었다.

갑자기 엄마가 하늘을 향해 울먹이며 말했다.

"당신, 길바닥에서 얼어 죽기만 해 봐. 내가 절대 용서 안 해."

아, 아빠 때문이구나. 말문이 막혔다. 엄마는 비장한 표정으로 자세를 바꾸고 크게 숨을 들이쉬었다. 그리고는 아저씨 입술에 숨을 불어넣었다. 사람들이 술렁거렸다. 나는 도망가고 싶었지만, 다리가 말을 듣지 않았다. 몇 초가 흘렀을까? 아저씨가 힘없이 고개를 돌리더니 깨어났다. 엄마가 쓰러지듯 바닥에 털썩 주저앉았다. 내 가슴이 쿵, 내려앉았다.

애앵애앵!

뒤늦게 구급차가 도착했다. 사람들이 구름처럼 몰려들었다. 나는 점점 뒤로 밀려났다. 엄마는 천천히 일어나 동태가 담긴 봉지를 챙겨 들었다. 사람들이 엄마를 자세히 보려고 기웃거렸다.

"응급처치를 신속하게 한 덕분에 살았다는데?"

"조금만 늦었어도 죽었을 거래."

사람들이 웅성거렸다. 곧 엄마를 향해 박수가 터져 나왔다. 그제야 나는 엄마가 죽어 가는 사람을 살렸다는 걸 깨달았다. 덩달아 내 심장이 콩닥콩닥 뛰었다. 군복이 구급차에 태워지는 걸 확인한 엄마가 사람들 틈을 비집고 나왔다.

"오늘 점장님이 단체 손님 있다고 일찍 오랬는데 얼른 가자. 너도 학교 가야지."

엄마는 발길을 재촉하며 대수롭지 않게 말했다.

"그래도 엄마가 끓여 준 동태찌개는 먹고 갈 거야."

말은 뚱하게 했지만, 내 엄지손가락은 '엄마 최고!'를 외치고 있었다. 엄마가 내 손을 꼭 잡았다. 때마침 하늘에서 눈송이가 떨어졌다.

"네 아빠가 있는 곳에도 눈이 내리겠구나."

엄마의 긴 속눈썹에 눈송이가 쌓였다.

참

예쁘다.

갑작스럽게 전화를 받았다.

"유라야, 사진 좀 찾아 놔라."

할머니 사진을 말하는 거였다. 엄마 아빠는 시골로 내려가는 중이라고 했다. 목소리에서 긴박함과 당혹스러움이 느껴졌다. 자세히 묻지 않았다. 아니, 알 것 같아서 묻지 않았다. 엄마 아빠가 긴장할 일이란 늘 뻔하니까. 할머니 심술은 언제나 예고가 없었다.

사진관에 들어서자마자 아저씨가 나를 먼저 알아봤다. 아빠에게 전화를 받았다면서 포장해 놓은 액자를 사진관 한편에서 들고나왔다.

"하도 찾아가지 않아서 연락하려던 참이었는데……."

아저씨가 말끝을 흐렸다. 그러고는 마치 신줏단지 모시듯 사진을 내게 건넸다. 영험한 기운이 느껴지는 것 같아 괜히 경건해졌다. 아저씨도 그날을 기억하는 듯했다. 아저씨 표정을 보는 순간, 그날의 풍경이 물밀 듯이 밀려왔다. 들키고 싶지 않은 우리 가족의 내밀한 감정을 들킨 것 같아 얼굴이 화끈 달아올랐다.


석 달 전, 내 중학교 졸업식 날이었다.

그날 졸업식장엔 아빠와 엄마, 같은 아파트 이웃인 외할머니와 이모가 함께했다. 졸업식이 끝나고 한창 사진 찍기에 열중하고 있을 때였다. 아빠 휴대폰으로 전화가 걸려왔다. 전화를 받은 아빠는 당황한 듯 사방을 두리번거렸다. 그때 우리를 발견하고 다가오는 한 사람. 바로 할머니였다. 한마디 언질도 없이 상주에서 서울까지 한달음에 달려오신 것이다.

"엄마!"

"어머니!"

"사돈!"

아빠와 엄마, 외할머니가 동시에 외쳤다. 아빠가 어떻게 왔냐고 채근하듯 물었다.

"지난주에 니가 말 안 했나? 오늘이 유라 졸업식이라꼬."

"그냥 지나가는 말로 했잖아요. 올라오신다는 말씀도 하지 않으셨고……."

"암만 생각해도 이렇게라도 오지 않으모 유라 졸업식 다신 못볼 거 같드라. 그래 안 왔나."

"고등학교 대학교도 다녀야 하는데 왜 못 봐요, 엄마도 참."

아빠 말에 할머니가 못마땅한 듯 눈을 흘겼다. 눈치를 보던 외할머니가 슬며시 다가와 인사를 했지만, 좀 전의 화기애애했던 분위기는 사라진 상태였다. 마치 할머니만 쏙 빼놓고 잔칫집에 왔다가 들키기라도 한 것처럼 다들 난색을 보였다.

"한복이 참 고우세요!"

참다못한 이모가 한마디 거들었다. 나는 할머니가 한복을 차려입은 걸 처음 봤다. 누가 봐도 한껏 멋을 부린 티가 났다. 엄마는 불편하지 않은지 물었고, 아빠는 한복을 입고 나타난 할머니가 영 어색한지 연신 머리를 긁적였다. 거추장스러운 걸 세상에서 제일 싫어하던 할머니였다. 어쨌든 어색함을 달래는 데는 한복 얘기가 한몫을 톡톡히 했다. 이때까지는 아무도 할머니의 행동이 이상하다고 생각하지 않았다. 우리는 다시 자연스럽게 사진을 찍고, 웃고 떠들었다.

졸업식이 끝난 뒤, 우리는 이탈리안 레스토랑으로 장소를 옮겼다. 피자와 스파게티를 좋아하는 나를 위해 아빠가 예약해 둔 곳이었다.

"난, 블루베리 치즈 크림 피자랑 아라고스타 로제 스파게티."

내가 거침없이 메뉴를 골랐다.

자연스럽게 메뉴판은 할머니에게로 넘어갔다. 메뉴판을 한참 들여다보던 할머니가 이맛살을 찌푸리며 말했다.

"한국말인지 외국 말인지 도통 알아먹지를 몬하겠다. 밥은 없나? 난 그냥 밥 묵을란다."

결국 엄마가 눈치껏 메뉴를 골라야 했다. 그 후로도 할머니는 음식이 하나둘 나올 때마다 혀를 쯧쯧 차며 투덜거렸다.

"이런 풀떼기를 돈 내고 사 묵나 어이?"

"이걸 누구 코에 붙이나 어이?"

"뭔 음식이 죄다 이리 느끼하나 어이?"

외할머니와 이모는 가시방석에 앉은 것처럼 불편해 보였고, 엄마의 표정도 점점 굳어졌다. 이건 시작에 불과했다.

"딸이 둘이나 있으니 사돈은 참 좋겠습더. 지척에 모여 사니 참 좋지요?"

할머니는 딸이 없어 말년이 외롭다는 넋두리를 늘어놓더니, 대가 끊겼다는 말을 묘하게 돌려 말했다.

"그래서 내도 야들한테 손자 타령 안 한다 아입니까."

엄마는 입을 다물어 버렸고, 아빠 혼자 붉으락푸르락 표정 관리가 안 되는 모양이었다. 나는 이 상황을 빠져나갈 궁리만 했다. 괜히 밥 먹으면서 톡으로 친구들 동향을 살폈다. 사실 나는 할머니를 본 순간, 이런 분위기를 예상했다.

"그나저나 우리 유라 대학교 가고, 시집가는 거 몬 보지 않을까 싶다."

가시 같던 할머니의 말투가 유들유들해졌다.

"오래 사셔야죠!"

어른들이 이구동성으로 외쳤다.

"놀리지 마이소 고마. 아직 젊으니까네 내 처지를 이해 몬 할 낍니더."

일흔두 살이면 한창이라며 여든두 살 할머니가 외할머니를 향해 말했다. 어색한 공기가 흘렀다. 마침 친구들과 약속이 생겼다.

나는 기다렸다는 듯이 불쑥 말을 꺼냈다.

"먼저 일어날게요. 친구들이랑 놀기로 했어요."

나는 친구에게 받은 톡을 보란 듯이 내밀었다.

"안 된다. 가긴 어딜 가노. 할미랑 어디 갈 데가 있다."

할머니가 단호하게 말했다. 내가 뾰로통 입을 내밀었다. 엄마가 슬며시 내 허벅지를 꼬집는 바람에 기분이 더 나빠졌다. 아빠가 할머니에게 무슨 계획이 있냐고 물었다. 할머니는 중대한 발표라도 있는 것처럼 우리 모두를 휘 훑었다. 모두의 시선이 할머니에게로 향했다.

"음…… 곧 알게 될낍니더. 이렇게 다 같이 모이기가 힘들다 아입니까. 그치요?"

외할머니는 즉각 머리를 끄덕이는 것으로 대답을 대신했다. 영혼이라곤 하나도 없었다. 외할머니도 머쓱했는지 괜스레 내 등짝을 토닥이며 할머니의 시선을 피했다. 친구는 핑계고 빨리 이 자리를 벗어나고 싶은 내 맘을 알아차리기라도 한 것처럼. 아니, 외할머니도 나와 같은 맘이라는 듯이. 그러니 피차 위로하는 심정이랄까. 뭐 그런 느낌이었다. 내 성장의 절반은 외할머니 품에서 자랐다고 해도 과언이 아니다. 당연히 외할머니는 엄마 다음으로 편하다. 할머니와 엄마 사이의 미묘한 불편함을 나는 어릴 때부터 싫어했다. 내게 할머니는 늘 엄마를 불편하게 하는 사람이었다. 이런 내 맘이 표정으로 다 읽혔나 보다. 할머니가 서운한 기색을 드러내며 말했다.

"가시나가 누굴 닮아 저래 쌀쌀맞은지. 쯧쯧!"

그러고는 시선이 엄마를 향했다.

"요즘 애들이 다 그래요."

이모가 맞장구를 치며 눈치를 살폈다.

분위기는 더 싸해졌다.

"이제 일어나시죠!"

아빠가 서둘러 자리를 정리했다. 모두가 기다렸다는 듯이 자리를 털고 일어났다.

"그럼 저는 먼저……."

이모가 말을 하다 말고 입을 다물었다. 외할머니 눈짓에 꼬랑지를 내리는 중이었다. 이모도 슬쩍 빠져나가려던 작전이 틀어진 것 같았다. 나와 이모는 서로 눈짓을 주고받으며 짜증을 부렸다. 이 상황을 알 리 없는 할머니가 앞장서며 말했다.

"지가 오늘 서둘러 오니라 머리 손질을 몬 했으니, 미용실 좀 들렀다 가입시다 어이."

이 와중에 미용실이라니. 다들 표정 관리가 안 되는 상태였다. 아빠에게 모든 눈초리가 쏟아졌다.

"꼭 지금 가셔야겠어요?"

아빠가 신경질적으로 말했다. 엄마는 아예 뒤로 물러서 있었다. 조금은 지친 듯했다. 외할머니가 재빨리 근처 미용실을 추천했다. 할머니는 외할머니의 안내를 받으며 미용실로 걸어 들어갔다. 우리는 모두 할머니 뒤를 졸졸 따라 들어갔다.

할머니가 머리를 미용사의 손에 맡기고 있는 동안 우리는 알게 모르게 불만을 표출했다. 주인공인 줄 알았던 나는 인내심이 폭발 직전이었다. 엄마는 나를 달래고, 아빠는 외할머니 눈치를 살피고, 이모는 엄마에게 모종의 사인을 보내는 그런 상황이었다.

머리 손질이 끝난 할머니에게 미용사는 메이크업을 서비스로 해 주겠다고 했다. 할머니는 순순히 받아들였다. 미용사는 할머니에게 곱다는 말을 아낌없이 쏟아 냈다. 마치 우리 들으란 듯이 부러 그러는 것 같았다.

그렇게 미용실을 나왔다. 모두 처분만 기다리는 사람들처럼 가만히 서서 할머니를 응시했다. 이렇게까지 유난을 떠는 데는 이유가 있을 테니까. 아니, 있어야 했다. 나는 할머니가 나를 위해 준비한 서프라이즈를 상상했다. 드디어 굳게 닫혔던 할머니의 입술이 열렸다.

"사진관으로 가자."

잘못 들은 줄 알았다. 휴대폰으로 수십 수백 장 찍을 수 있고 원하는 대로 보정도 가능한 세상에 사진관이라니. 게다가 사진은 졸업식장에서 질릴 만큼 찍고 왔다.

"뭐 하니? 앞장서지 않고."

할머니 눈빛이 모두의 의심을 압도했다. 아빠는 마지못해 사진관을 찾아 두리번거렸다. 이번엔 할머니가 먼저 사진관을 발견했다.

"조기 은하사진관으로 가자."

길 건너편을 가리키며 할머니가 말했다. 다들 시키지도 않았는데 횡단보도로 걸어갔다. 아까와는 사뭇 다른 느낌이었다. 어른들은 묵묵히 할머니 뒤를 쫓아갔다. 갑자기 한편이라도 먹은 듯이. 말문이 막히는 걸 간신히 참았다. 다들 발걸음마저 조신해졌다. 갑작스러운 이 반전 분위기는 뭐지? 왠지 배신당한 느낌이었다.

"우리 다 같이 찍읍시데이."

사진관에서 할머니의 첫 번째 주문이었다.

"사돈댁 빼고 우리끼리 한 번 찍자 어이."

할머니의 두 번째 주문이었다.

"니하고 내하고 한 판 찍자 어이."

할머니의 세 번째 주문대로 아빠는 할머니와 다정한 포즈를 취했다. 뭔가 경건한 의식을 치르는 듯한 착각은 기분 탓이라고 생각했다. 어른들은 주술에 걸린 것처럼 시키는 대로 포즈를 취하고 사진을 찍었다. 의식이 거의 끝날 때쯤이었다. 할머니가 사진사를 조용히 불렀다. 사진사가 할머니 앞으로 다가가 귀를 기울였다. 나머지 어른들은 허공을 바라보거나 뒤돌아섰다. 아빠는 출입구 쪽으로 걸어가 고개를 떨구었다.

"예쁘게 찍어 주이소 어이."

할머니의 마지막 주문이었다. 그러고는 카메라를 향해 미소를 지어 보였다. 소녀처럼 발그레한 미소였다. 모두가 그 장면을 묵묵히 지켜봤다.

할머니가 사진을 다 찍고 난 뒤에도 침묵이 이어졌다. 침묵을 깬 건 아빠의 흐느낌이었다. 다른 어른들의 눈시울도 붉어졌다.

왜 그러지? 눈물의 졸업식은 상상해 본 적이 없었다. 나는 어리 둥절한 상태로 분위기를 파악하려고 애썼다. 아빠가 어린애처럼 말했다.

"아이, 어, 엄마도 참. 아직 정정하신데 굳이 지금…… 흐흐윽!"

"좀 더 젊고 고울 때, 찍었어야 했는데."

아빠의 흐느낌, 할머니의 혼잣말, 어른들의 침울한 표정. 그제야 나는 할머니가 찍은 사진의 의미를 깨달았다.

그 후, 할머니는 삼 일 동안 우리 집에 머물렀다. 그 삼 일 동안 할머니에게 귀가 따갑게 들은 말은 '밥 먹고 가'였다. 나는 고등 대비 학원을 다니고 있었다. 아침에 집을 나설 때도, 독서실에 갈 때도, 잠깐 외출할 때도, 할머니는 온통 밥 먹으라는 잔소리뿐이었다. 점심은 패스트푸드로 저녁은 편의점 음식으로 나름 나만의 성찬을 즐기는 중이었다. 하필 할머니가 와 있는 동안의 내 생활이 그랬을 뿐이다. 의도치 않게 말이다. 잔소리는 엄마에게도 이어졌다. 나는 아예 이어폰을 꽂고 잔소리를 차단해 버렸다.

할머니가 시골로 내려가는 날도 그랬다. 그날도 아침밥보다 아침잠을 선택한 나를 위해 엄마가 토스트를 챙겨 주었다. 나는 잼 바른 토스트 조각을 입에 문 채 현관으로 향했다.

"또 빵 부스러기를 아침이라고 주나 어이?"

어김없이 엄마를 향해 할머니 잔소리가 이어졌다. 토스트 조각을 빵 부스러기라고 나무라는 할머니가 성가시고 귀찮아 나는 대꾸조차 하지 않았다. 신발을 구겨 신고 현관 밖으로 탈출하는 내 등 뒤로 할머니 목소리가 따라왔다.

"밥 묵고 가라니까네."

지금도 또랑또랑하게 귓가를 맴돈다. 으, 그놈의 잔소리.


집으로 막 들어선 순간, 휴대폰 벨이 울렸다. 아빠였다.

"응. 사진 찾아 놨어."

나는 대답과 동시에 사진을 현관에 내려놓았다. 포장된 채 그대로.

"내일 아침에 다시 전화할게. 오늘은 혼자 자야겠다. 문단속 잘해라."

무슨 일이냐고 물어볼 새도 없이 전화가 끊겼다. 누군가 아빠를 급하게 부르는 것 같았다.

"하여튼 할머니는 못 말려."

나도 모르게 진심이 새 나왔다. 괜히 현관 쪽을 향해 눈을 흘기고는 소파에 털썩 주저앉았다. 엄마에게 전화를 걸었다. 전원이 꺼져 있었다. 다른 때와는 달리 느낌이 쎄했다. 오랜만에 자유 시간이 주어졌는데, 신나기는커녕 심란한 건 왜인지. 괜스레 온몸이 으슬으슬 추웠다. 샤워를 하면 좀 나아질 것 같았다. 냉랭한 공기가 싫어 실내 온도를 높이고 욕실로 들어갔다.

샤워를 마친 후, 나는 젖은 머리를 수건으로 틀어 올리고 거실로 나왔다. 거실 공기는 여전히 냉랭했다. 꽃샘추위가 길어진 건지 겨울이 길어진 건지, 봄이 봄처럼 느껴지지 않는 건 기분 탓일까? 외할머니께 전화를 걸어 볼까 하다가 그만뒀다. 엄마가 갑자기 상주 할머니 댁에 내려간 걸 모를 수도 있으니까. 아빠가 혼자 자라고 콕 집어 말한 걸 떠올리며 소파에 털썩 주저앉았다가 쓰러지듯 누워 버렸다. 배에서 꼬르륵 소리가 났지만 냉장고까지 걸어가는 것도 뭘 챙겨 먹는 것도 귀찮았다.

얼마쯤 시간이 흘렀을까? 꼬릿한 냄새에 눈을 떴다. 나는 몸을 일으켜 주방 쪽으로 고개를 돌렸다. 아무도 없는데 보글보글 찌개 끓는 소리가 났다. 자석에 이끌리듯 주방으로 걸어갔다. 가스레인지가 켜져 있었고 정말로 찌개가 끓고 있었다. 이 냄새. 상주 할머니 댁에서 나는 냄새였다. 설마. 에이 그럴 리가. 할머니가 올라왔을 리가 없다. 내가 고개를 흔들며 돌아설 때였다. 소리 소문도 없이 할머니가 훅 다가왔다. 나도 모르게 흠칫, 얼음이 되어 할머니를 바라보았다.

"엄마는요?"

그냥 튀어나온 말이었다.

"와? 할미라서 실망이가?"

'네.' 하고 올라오는 말을 겨우 눌러 참았다. 급속도로 어색해지려는 찰나, "취사를 완료합니다."라며 전기밥솥이 끼어들었다. 증기 배출기에 달린 압력추가 들썩거렸다. 곧 수증기가 폭발하듯 솟구쳤다. 밥 냄새에 잊고 있던 허기가 밀려왔다. 이미 머릿속은 하얗고 찰진 밥 생각뿐이었다.

"밥부터 묵자 어이?"

할머니는 내 속마음을 꿰뚫고 있는 듯 뚝딱 밥상을 차려냈다. 나는 쿵쿵 냄새를 맡으며 이맛살을 찌푸렸다.

"니 얼라 때 이거 엄청스레 좋아한 거 모르제."

할머니가 청국장찌개를 가리키며 말했다. 동의할 수 없었다. 이렇게 꼬랑내 나는 음식을 좋아했다니 말도 안 된다. 할머닌 기어이 내가 찌개를 떠먹어야 직성이 풀릴 듯했다. 나는 마지못해

한 숟가락 떠서 입에 넣었다. 목구멍으로 넘어가지 않을 것 같던 국물이 꿀꺽 잘도 넘어갔다. 어느새 나는 걸쭉한 건더기까지 건져서 밥에 쓱쓱 비벼 먹기 시작했다.

"잘 묵으니까네 얼마나 이쁘노 어이. 아이고 참말로 이쁘다!"

"정말 배가 고파서 먹는 거예요. 맛있어서 먹는 게 아니고."

입을 오물거리며 말하는 나를 할머니가 가자미눈을 하고 쳐다봤다. 웃음기를 숨기지 못한 채였다. 그런 할머니가 낯설었지만 싫지는 않았다.

"엄마 아빠는 언제 와요? 할머니 때문에 내려간 거 아니에요? 왜 할머니만 왔어요?"

내가 연달아 질문을 퍼부었다.

"할미는 순간이동을 했다 아이가."

풉! 하마터면 밥알이 튀어나올 뻔했다. 할머니도 이런 유치한 농담을 할 줄 안다는 게 웃겼다.

"거짓부렁 아인데."

할머니는 사뭇 진지한 투로 중얼거렸다.

"아, 네네."

나는 건성으로 대꾸하며 남은 밥을 싹싹 긁어 입속에 넣었다.

이제야 좀 살 것 같았다.

"먹고 죽은 귀신이 때깔도 좋단다. 할미 봐라. 때깔 좋지 그자?"

"헐, 요새 굶어 죽는 사람이 어딨어요."

나는 할머니 농담을 진지하게 받아치며 일어서려 했다. 붙들리기 전에 얼른 자리를 피할 생각이었다.

"큰아가 영양실조로 죽어삤거든. 그게 내 평생 한이다 아이가."

나는 일어서다 말고 다시 주저앉았다. 할머니 표정이 너무 진지해서였다. 이미 이야기를 시작한 상태이기도 했지만, 아빠에게 형이 있었다는 말을 들은 적이 있다. 어려서 일찍 세상을 떠났다고만 알고 있었다. 뭐라 대꾸하기도, 무시하기도 뭣한 상황이었다. 어차피 할머니는 내가 듣든 말든 상관 안 할 기색이었다. 마치 누구라도 "내 말 좀 들어 보소!" 하는 타령조였다. 솔직히 무슨 말인지 완전히 이해하지는 못했다. 내가 알고 있던 내용에 할머니 얘기를 덧붙이면 이렇다.

아빠는 유복자로 태어났다. 졸지에 가장이 된 할머니는 뭐든 밥벌이를 해야 했다. 어찌어찌하여 공사장 막일까지 하게 되었는데, 우연히 일꾼들 식사를 책임지게 되었다. 그 일을 계기로 건설 현장을 쫓아다니며 밥해 주는 일을 도맡게 되었다. 일찌감치 동생 돌보는 일은 큰아들 몫이었다. 여섯 살 아이에게 세 살 터울인 동생을 맡길 수밖에 없었다고. 어느 날 큰아들이 의식을 잃고 쓰러졌다는 소식을 이웃을 통해 듣고 병원으로 달려갔지만, 큰아들은 결국 죽고 말았다. 그것도 영양실조로 말이다.

"그때는 살아 있어도 살아 있는 기 아니었다. 넘한테 밥해 주는 일을 하면서 정작 내 자식은 굶겨 죽인 거나 마찬가지 아이가. 하도 기가 막혀가 실성이 나뻤다 아이가."

그러고는 한숨 또 한숨. 할머니는 말보다 한숨을 더 많이 내쉬었다.

"니 아빠 아니었으모 내 따라 죽었을끼다."

또 긴 한숨.

"유라 니, 할미 식당 이름 기억나나?"

갑작스러운 질문에 버벅거리는 사이.

"밥 묵고, 아니. 밥 '먹고' 가이소 아이가."

할머니가 말해 버렸다. 막 기억나려고 했는데……. 4년 전까지 할머니는 청국장 뚝배기를 전문으로 하는 식당을 운영했었다. 가격이 저렴하고 맛있기로 소문난 식당이었다. 그때는 식당에 집이 딸려 있었다. 꼬리꼬리한 냄새만 기억나지만.

"하!"

절로 감탄사가 새 나왔다. 식당 이름도, 질릴 것 같은 할머니의 잔소리도 조금 아주 조금은 이해할 수 있을 것 같았다. 식당은 상주 터미널 근처에 있었다. 사십여 년을 하루도 빠짐없이 새벽에 문을 여는 곳으로 유명했다. 꼭 새벽 장사를 고집하는 사연이 있다고 했지만 딱히 궁금하지는 않았다. 지금은 그 이유를 어렴풋이 알 것도 같았다.

"사실은 내가 니 아빠를 쫌 미워했는기라. 형 먹을 것까지 뺏어 먹은 넘이라고. 애비까지 잡아먹은 넘이라고 원망하는기 아니었는데. 그런 말은 하는 기 아니었는데. 어린 것이 얼마나 상처를 받았겠노. 다 내 팔자인걸. 에휴!"

아빠와 서먹서먹한 이유도 알았다. 그나저나 언제까지 할머니 타령을 듣고 있어야 하는지 잠이 와서 죽을 지경이었다. 배가 부르니 노곤노곤 잠이 쏟아졌다.

"유라야, 할미가 부탁 하나 해도 되긋나?"

나는 졸린 눈을 비비며 고개를 끄덕였다.

"내 아들 쫌 잘 부탁한다 어이?"

"그건 엄마한테 말씀하세요."

감기는 눈을 억지로 참으며 대꾸하다가 할머니와 눈이 마주쳤다. 대놓고 정해진 답을 알려 주는 눈빛이었다.

"걱정 마세요, 할머니. 저는 아빠 편입니다."

이렇게 말하면서 나도 모르게 배실배실 웃었다.

할머니도 웃었다. 처음으로 할머니와 내가 마주 보고 웃었다. 그래도 쏟아지는 잠은 막을 수 없었다. 나는 할머니를 등지고 방으로 들어가며 말했다.

"주무세요!"

"오야, 니 먼저 자래이. 할미가 널 일찍 깨워 줄게. 밥 묵으러 온나 어이?"

나는 할머니 말을 뒤로 한 채 그대로 뻗어 버렸다.


콰당탕! 탁! 눈이 번쩍 떠졌다. 분명 둔탁한 소리를 들었는데 고요했다. 온몸의 촉각을 곤두세우고 사태 파악 중이었다. 갑자기 전화벨 소리가 요란하게 울렸다. 심장을 쥐고 흔드는 소리였다. 나는 벌떡 일어나 휴대폰 액정을 확인했다. 알람이었다. 알람을 끄고 생각했다. 내가 알람을 맞춰 놓았었나? 이렇게 이른 시간에?

문득 할머니 생각이 났다. 몸을 일으켜 거실로 나갔다. 썽했다. 그냥 빈집에 들어온 느낌이었다. 줄곧 집 안에 내가 있었다는 게 믿기지 않을 정도로 낯설었다. 당연히 할머니와 꼬리꼬리한 청국장 냄새를 기대했다. 뭐지? 흔적 하나 없이 말끔했다. 주방도 깨끗했다. 무슨 일이 있었냐고 되레 내게 물어오는 것 같았다. 아, 엄마한테 물어보면 될걸. 다시 방으로 들어가 휴대폰을 집어 드는데, 전화벨이 먼저 쨍하게 울렸다.

"아이 깜짝이야!"

나는 놀란 가슴을 부여잡고 전화를 받았다.

"할머니는?"

다짜고짜 내가 먼저 물었다. 대답이 없다. 무슨 일이지? 전화기 너머 엄마 표정을 상상해 보았다. 귀 닫고 입 닫고 있을 때의 무표정한 얼굴을. 잠시 후, 엄마는 숨통을 쥐어짜는 듯한 신음을 짧게 토해 냈다. 그러고는 눅눅한 목소리로 말했다.

"할머니 돌아가셨어."

말문이 막혔다. 뭐지? 이 오싹한 기분은. 엄마는 더 자세히 말하지 않았다. 이모가 데리러 오면 할머니 사진을 챙겨 오라고만

했다. 그제야 나는 둔탁한 소리를 떠올렸다. 심장 떨어질 뻔했던 소리의 정체를 말이다. 전화를 끊고 재빨리 현관으로 걸어갔다. 세워져 있던 액자가 바닥에 엎어져 있었다.

'할미가 낼 일찍 깨워 줄게.'

그 모든 게 꿈이었다니. 너무 생생해서 믿기지 않았다. 액자를 바로 세우고 포장지를 벗겨 냈다. 미니 앨범도 함께 있었다. 온 가족이 돌아가며 함께 찍었던 사진들. 이 사진들을 이제야 보다니. 사실 잊고 있었다. 아니, 관심조차 없었다. 액자 속의 할머니가 나를 지긋이 바라보고 있었다. 소녀소녀 한 분홍빛 미소였다. 할머니 얼굴을 이렇게 자세히 들여다보기는 처음이었다. 어젯밤 허기진 배를 채웠던 그 포만감도 꿈이었을까? 지금 상황이라면 꿈이어야 맞다.

이모가 침울한 얼굴로 들어왔다. 나는 시무룩이 일어나 나갈 채비를 했다. 이모는 소파에서 묵묵히 기다려 주었다. 나는 할머니 사진을 선물용 박스에 예쁘게 담았다. 언젠가 소중한 물건이 있으면 담아 두려고 사 두었는데 이렇게 쓰일 줄은 몰랐다. 할머니 장례는 집에서 멀지 않은 병원에 모셨다고 했다. 이모는 돌아가신 할머니에 대해서 극도로 말을 아꼈다. 어쩌면 우리는 서로

같은 장면을 떠올리고 있는지도. 은하사진관에서 영정 사진을 찍던 그날을 말이다.

나는 사진을 담은 상자를 품에 안고 자동차 조수석에 앉았다. 자동차가 움직이자 기분이 이상했다. 돌아가신 할머니를 만나러 가는 길이라는 게 믿기지 않았다. 열일곱 생애 동안 할머니를 만난 물리적인 시간을 다 합친다면 고작 몇 개월밖에 안 된다. 할머니와 정을 쌓을 시간이 없었다. 그런데 이상했다. 이제는 더 이상 이 세상에 없다는 게. 사용하던 물건이 있다가 없어져도 허전한데 사람이 완전히 사라진다는 게 실감이 나질 않았다.

"이모, 할머니처럼 나이가 들어서 돌아가시는 건 호상이라며? 막 슬퍼할 필요는 없겠네. 그치?"

나는 방금 전 휴대폰으로 검색하다 알게 된 걸 물었다. 이모는 갑자기 입술을 꾹 다물더니 당황스러워했다. 그래도 대답은 해야겠는지 한마디 했다.

"세상에 슬프지 않은 죽음이 어디 있니?"

나는 단지 슬픔보다 이상한 감정이 앞서는 내가 이상한 건지 알고 싶었을 뿐이다. 역시 이상한가? 바보 같은 질문이었구나, 자책할 때였다. 꼬릿한 냄새가 콧속으로 스며들었다.

"이모, 무슨 냄새 안 나?"

내가 조심스럽게 물었다.

"무슨 냄새? 창문 내릴까?"

이모는 차창을 내리며 코를 킁킁거렸다.

"청국장 냄새 안 나?"

"어머나! 방향제 뿌릴까?"

이모는 한 손으로 콘솔 박스를 더듬으며 이마를 찡그렸다. 그러다 내가 재채기를 하자, 미세먼지를 걱정하며 차창을 다시 올렸다.

"좋은 냄새라서 얘기한 건데."

내 말에 이모가 어이없다는 표정으로 나를 흘끗 쳐다보았다.

"할머니 냄새나는 거 같아서."

이번엔 확실하게 말해 주었다. 갑자기 이모가 버럭 화를 내는 바람에 살짝 쫄긴 했지만 말이다. 어젯밤 꿈 얘기는 안 하는 게 좋을 것 같았다.

"너! 자꾸 이모 놀릴래?"

이모도 청국장의 의미를 알고 있다. 내가 부러 장난을 치는 거라고 생각한 것 같았다. 장난이 아니란 걸 증명할 방법은 없었다. 나는 입을 삐죽 내밀고 억울한 표정을 지었다. 이모도 분위기가 어색해지자, 라디오를 틀었다.

지역에서는 독거노인 건강 상태를 매일 같이 확인하고 있지만, 함 씨 할머니는 그마저도 제외되어 있었습니다. 혼자서 거동하기에 불편하지 않다는 이유로 돌봄 서비스를 받기 위한 점수에 미치지 못했……

이모가 라디오를 꺼 버렸다. 앞뒤가 잘린 뉴스처럼 이모와 나도 대화가 잘린 채 서로 다른 곳을 바라보았다. 할머니 생각을 안 하려 해도 안 할 수가 없었다. 머릿속은 할머니와 관련된 사건들을 기억하려 애쓰는 듯했다.

나는 눈을 감고 코끝을 들어 올렸다. 킁킁. 오로지 냄새에만 집중했다. 퀴퀴한 냄새가 스멀스멀 기어 올라왔다. 분명 할머니 냄새였다. 청국장 냄새가 점점 진해졌다. 따스한 기운이 온몸을 휘감았다. 구수한 할머니 체취가 느껴졌다.

네댓 살 무렵 할머니 댁 메주 띄우던 황토방 풍경과 대청마루 처마 아래에 모빌처럼 걸려 있던 메주들의 행렬도 떠올랐다. '메주 꽃 핀 거 봐라, 우리 유라맨키로 억수로 이쁘다'던 할머니 농담에 울음보를 터뜨렸던 그 어떤 날도 떠올랐다. 할머니에게 메주 같다는 비유는 최고의 칭찬인 걸 어린 나는 알 리가 없었다.

"할머니 냄새 맞죠?"

"니, 귀신이데이. 우찌 알았노 어이?"

"귀신은 할머니면서."

할머니와 나는 서로를 냄새로 알아맞혔다. 그마저도 유치원 때 기억이 전부다. 할머니는 나를 어떤 냄새로 기억하고 있을까?

장례식장은 조용했다. 아니, 침울했다. 첫날이라 그런지 손님도 많지 않았다. 내가 가져간 사진은 할머니의 빈소 제단에 잘 모셔졌다. 그제야 할머니가 돌아가셨다는 게 조금 실감이 났다. 아빠는 세상을 다 잃은 표정이었고, 엄마는 몹시 수척해 보였다. 나는 이모와 함께 할머니 영정 앞에서 절을 했다. 많지 않은 추억들이 주마등처럼 스쳐 갔다. 메주가 익어 가던 방, 메주 꽃 핀 풍경, 보글보글 끓던 청국장찌개의 구수한 냄새, 평생 밥하는 일을 업으로 삼으셨던 할머니의 투박한 말투까지. 내 안에 할머니에 대한 그리움이 존재한다는 게 신기했다. 예상치 못한 감정이었다.

잠시 후, 아빠가 내게 중요한 임무를 맡겼다. 할머니 지인들에게 부고 소식을 알리는 일이었다. 할머니의 휴대폰과 지인 명단을 건네받고 구석에 자리를 잡고 앉았을 때였다. 조의를 마친 몇몇 사람이 자리를 잡고 앉았다. 젊은 노년들이었다. 그들이 대화를 시작했다. 억양과 말투가 할머니와 비슷했다.

"아이고야! 내 고독사 말로만 들었제. 형님이 그렇게 가뻘 줄은 상상도 몬 했다."

"감나무 집 할매가 발견했을 땐 이미 돌아가신 지 하루가 지났다 카데요. 에휴!"

"쉿! 조용히 해라."

한 분이 나를 의식하며 대화를 중단시켰다. 갑자기 뒤통수를 한 대 얻어맞은 기분이었다.

"그래도 돌아가실 걸 알았는지 미리 준비를 다 해 놨다 카데요."

목소리를 낮추었지만 나를 의식한 말투였다.

엄마 아빠 이모까지 할머니의 죽음에 대해 극도로 말을 아낀 이유를 알아 버렸다. 어쩌면 모두가 예상했던 일인데, 애써 외면

했던 일이 실제로 벌어진 것이다. 왠지 죄인 아닌 죄인이 된 것 같았다. 그때, 올림머리 할머니가 내게 말을 걸었다.

"박순녀 할매 손녀딸 맞나요?"

얼떨결에 꾸벅 인사를 했다.

"아이고 맞는갑다. 쪼매 닮았다, 그치요?"

"아, 그 허구한 날 자랑하던 손녀인갑다. 반가워요. 우리는 할매 동네 친구들."

"할매 말대로 야물게도 생겼다. 열 아들 안 부럽다 카더니 맞네."

일행들이 한마디씩 보탰다. 괜스레 얼굴이 화끈 달아올랐다. 할머니에게 지긋지긋하게 들은 말이 새삼 떠올라서였다.

"암만 세월이 변했어도 아들이 있어야 한다. 집안의 대가 끊긴다 아이가. 옛날 같으모 벌써 소박맞았다 어이?"

할머니와 엄마가 점점 소원해진 것도 그놈의 아들 타령이 화근이었다. 내가 초등학교에 다닐 무렵부터였다. 아들을 낳아야 한다는 할머니의 압박은 갈수록 도를 넘어섰다. 급기야 내가 중학생이 되도록 둘째 소식이 없자, 할머니는 모든 걸 내 탓으로 돌렸다. 계집아이 기운이 너무 세서 그렇다나 뭐라나. 엄마는 그

소리를 죽기보다 싫어했다.

사실 할머니가 모르는 비밀이 있다. 엄마가 자궁에 종양을 떼어 내는 수술을 몇 차례 한 적이 있다는 것이다. 엄마가 둘째 포기 선언을 할 때에도 아빠는 무조건 엄마 편이었다. 그때마다, "사내 자슥이 마누라 치마폭에 싸여 갖고 참 가관이다 어이?" 그렇게 시작된 기 싸움은 아들 낳아 봐야 소용없다는 넋두리로 끝나기 일쑤였다. 아무튼 할머니의 주장은 모순덩어리 그 자체였다. 그런 할머니가 내 자랑을 했다는 게 믿기지 않았다.

나는 조용히 자리에서 일어나 밖으로 나왔다. 병원 밖 벤치에 앉아 잠시 햇볕을 쬐고 있을 때였다. 띄엄띄엄 무리 지어 있는 상복 차림의 사람들 사이에서 홀로 서 있는 아빠를 발견했다. 아빠는 땅이 꺼질 듯 한숨을 내쉬더니 건물 뒤편으로 흐느적흐느적 걸어가고 있었다. 보는 내가 위태로울 지경이었다. 나도 모르게 아빠를 뒤쫓았다.

그곳은 막다른 골목처럼 더 이상 도망칠 수 없는 장소였다. 아빠는 가슴팍에서 뭔가 주섬주섬 꺼내 입에 물었다. 담배였다. 파리하고 까칠한 턱이 허공을 향했다가 바닥으로 곤두박질쳤다. 아빠는 잠시 상념에 젖는가 싶더니 휙 돌아섰다. 딸각, 라이터로 불을 붙이는 소리가 났다. 처음이었다. 아빠가 담배를 피우는 모습은. 아빠의 한숨만큼이나 긴 연기가 계속 피어올랐다. 매캐한 연기가 내 코앞까지 침범해 왔다. 담배 연기가 목구멍을 찔러 댔다. 연기를 마시기도 숨을 참기도 힘들었다. 돌아서려 할 때였다.

흐윽. 아빠가 울음을 터뜨렸다. 울음소리는 점점 격앙되었고, 절규에 이르렀다. 그것은 담배 연기보다 독하고 찐했다. 아빠는 스스로를 책망하다 못해 와르르 무너져 내리고 있었다. 아빠가 그대로 질식해 버릴 것 같아 두려웠다. 하루아침에 엄마를 잃는다는 건 저런 거구나. 내가 아빠라면 어떨까? 지금의 모습을 들키고 싶지 않을 것 같았다. 나는 주춤주춤 뒷걸음질을 치다가 그대로 돌아서 뛰었다.

장례식장은 아까보다 더 많은 사람이 와 있었다. 상주 자리에는 아빠 대신 엄마가 자리를 지키고 있었다.

"손녀분 잠깐 이리 좀 와 보이소."

올림머리 할머니와 일행인 중년의 아줌마였다. 나는 멈칫멈칫 자리에 합석했다. 오십 대로 보이는 중년의 아줌마는 일행 중 가장 어려 보였지만, 일행인 할머니들이 꼬박꼬박 '선생님'이라고 불렀다. 올림머리 할머니가 나서서 소개를 해 주었다.

"복지관에서 할매들에게 휴대폰 사용법을 가르쳐 주는 선상님."

보통은 컴퓨터로 동영상 편집, 포토샵 같은 기능을 가르친다고 했다. 할머니들에게 휴대폰 사용법을 가르치는 건 재능 기부라고 했다. 올림머리 할머니가 칭찬을 이어 가자 아줌마가 쑥스러워하며 말렸다. 하려는 말은 따로 있는 듯했다.

"할매 휴대폰에 동영상이 많이 있을낀데 찾아봤나 모르겠네요."

그제야 나는 알림 문자 보내는 일을 깜박한 걸 깨달았다.

"아뇨!"

대답이 자동으로 튀어나왔다. 나는 주머니에서 할머니 휴대폰을 꺼내 보여 주었다.

"실례가 안 되면 같이 찾아봐도 될까요?"

강사 아줌마는 억양은 억세지만, 사투리를 적게 쓰는 편이었다. 아빠가 휴대폰을 내게 맡긴 이유를 말하자, 아줌마가 웃으며 말했다.

"내가 도와줄게요."

그렇게 나는 할머니 휴대폰을 정식으로 살펴보게 되었다.

"봐라, 봐라. 전부 손녀 사진 맞제?"

할머니들이 옹기종기 머리를 맞대고는 이구동성으로 말했다. 사실이었다. 할머니 휴대폰 사진첩에는 온통 내 사진이었다. 어릴 때 사진은 그렇다 쳐도 중학교 졸업 사진까지 있는 건 신기했다. 사진을 제공하는 사람이 있다는 증거였다. 아빠 아니면 엄마겠지만 말이다.

"열흘 전에 찍은 동영상이 있을낀데. 여 있네."

동영상이 몇 개 더 있었다. 할머니가 가끔 동영상을 찍어 달라고 부탁했다고 한다. 나는 시키는 대로 가장 최근 동영상을 클릭했다. 부스럭 소리와 함께 할머니가 등장했다. 열흘 전, 할머니는 표정도 목소리도 건강해 보였다.


내다!

아들아, 그동안 니 억척스러운 데다 까탈스런 에미 만나 고생 많았데이. 그래도 니가 아니었으모 벌써 목숨줄 끊었을끼다. 니가 내 생명의 은인이다. 알긋나?

며늘아, 내가 살갑게 친해지는 법을 몰라 니 속 많이 썩었을끼다. 그래도 내 니 마이 아꼈다.

유라야, 니는 내보다 외할머니를 더 좋아하제? 가시나! 내 억수로 질투했던 거 아나? 아, 뭐라카노. 죽어서도 주책이다 그자? 암튼 억수로 사랑한데이!

복지관 할매들, 내 먼저 가서 저승길 잘 닦아 놓을 테니 천천히 오시게들.

아…… 또 뭐라 케야 하나. 아 맞다. 마지막으로 한 말씀만 할게요.

장례식장에 와가꼬 울고불고하는 사람 내 딱 질색이데이. 고마 밥이나 먹고 가이소 어이.


할머니의 호탕한 웃음소리로 영상이 끝났다. 일행들도 따라 웃었다. 그때 아빠가 다가왔다. 눈은 충혈되어 있었고, 잔뜩 풀이 죽어 있었다. 할머니들이 아빠를 반기며 자리에 앉혔다.

"너무 상심하지 마이소. 연락이 안 된다꼬 감나무 집 할매한테 연락했다면서요. 우짜다 고독사가 돼 버렸지만서도 할매들 소원이 자는 듯이 죽는 거거든."

"맞네. 맞네."

일행들이 아빠를 위로했다. 아빠는 복받치는 감정을 억누르며 애써 미소 지었다. 조문객이 들어오는 바람에 급히 상주 자리로 돌아가야 했지만, 마음은 일행들을 향해 있었다. 부고 소식 알림은 아줌마와 할머니들 도움으로 수월하게 끝냈다.

지켜보던 엄마가 주뼛주뼛 다가와 말했다.

"그동안 저의 어머니와 좋은 벗이 되어 주셔서 감사했습니다."

"그런 소리 하지 마이소. 우리야말로 박 할매 덕분에 심심치 않았심더."

일행들이 손사래를 치며 수척해진 엄마를 위로했다. 할머니가 며느리 자랑을 많이 했다는 말도 전해 주었다. 엄마는 무거웠던 마음이 조금 누그러진 듯했다.

오후가 되자 조문객들이 몰리기 시작했다. 나는 여기저기 불려 다니며 인사하기 바빴다. 할머니의 유일한 손주라는 사실이 이렇게 특별한 일인 줄 미처 몰랐었다. 나쁘지 않았다.

"손녀딸 덕분에 장례식장이 생동감이 있네요."

넘치게 사랑받는 느낌이었다. 영정 사진 속 할머니도 흐뭇해하는 것 같았다. 내가 다 뿌듯했다.

조문객들이 썰물처럼 빠져나갔을 때, 나는 시무룩이 앉아 있는 아빠 옆으로 가서 앉았다. 잠시 일손을 쉬고 있던 엄마도 동참했다. 내가 할머니 휴대폰을 내밀며 말했다.

"아까 할머니 친구들이랑 보던 거 보여 줄게."

동영상을 클릭했다.

살아생전 할머니의 힘찬 목소리가 새 나왔다. 일순간 분위기
가 숙연해졌다. 영상이 끝날 즈음이었다. 흐으윽! 아빠가 눈물을
참지 못하고 끝내 터뜨리고 말았다. 할머니가 영정 사진을 찍던
그날처럼 엄마가 아빠를 안아 주었다. 괜스레 나도 눈물이 났다.
입술을 앙다물었지만 소용없었다. 엄마도 아빠도 나도 그냥 울
었다. 아무도 뭐라 하지 않았다. 영정 사진 속 할머니도 묵묵히
지켜봐 주었다.

할머니 일행을 배웅하고 돌아오는 길이었다. 꽤 익숙한 목소
리가 복도 어디선가 흘러나왔다. 할머니 목소린데? 나는 소리에
이끌려 걸음을 재촉했다. 빈소에 가까워질수록 낭창낭창한 할머
니 목소리가 점점 더 생생해졌다.

"밥 먹고 가이소!"

수상한 녀석들

"이 녀석들 뭐 하는 짓이야!"

한 무리의 녀석들이 재빠르게 흩어졌다. 집단 구타를 당하고 있던 녀석이 배를 잡고 고꾸라졌다.

"괜찮니? 대체 얼마나 두들겨 맞은 거야?"

녀석을 부축하며 내가 물었다. 녀석이 상관 말고 가던 길이나 가라는 제스처를 해 보였다.

"흑마중학교 남정우. 2학년 맞지?"

녀석이 당황한 듯 교복 이름표를 손으로 가렸다. 때려 맞춘 건데 2학년이 맞는 모양이었다.

"아흐 자식. 도와주려고 그러는 거야 인마."

정우는 아이들이 사라진 방향으로 걸음을 옮겼다. 내 말은 귓등으로도 안 듣는 것 같았다. 언뜻 썩은 미소를 날렸던가? 자식. 두들겨 맞은 주제에 자존심은. 내가 허탈하게 녀석의 뒷모습을 바라보다 손을 탈탈 털며 돌아서는 찰나였다. '빵!' 하는 클랙슨 소리에 놀란 정우가 도망치듯 멀어져 갔다.

"어이, 이 순경."

마침 순찰 돌던 동료가 알은체했다. 저만치 가던 정우가 힐긋 돌아보더니 시야에서 사라졌다.


나는 근무복으로 갈아입고 거울 앞에 섰다. '이수하' 내 이름 세 글자가 클로즈업됐다. 짬밥 구 개월 차 지구대 막내 역할을 맡고 있는 나는, 스물세 살 꽃청년 대한민국 경찰이다.

아자! 두 주먹을 불끈 쥐고, 두 눈에 힘을 팍. 오늘도 민생 치안을 위해 최선을 다할 것을 다짐……. 순간, 정우 얼굴이 떠올랐다.

"빨리 임무 교대 마치고 출동 준비해."

파트너 고 경사가 무전기를 흔들며 재촉했다.

"띠리링, 순 24호. 푸른아파트 정문 앞 놀이터 성추행 신고 접

수, 출동 바람."

무전기가 요란하게 울려 댔다. 내 몸이 먼저 반응하고 잽싸게 뛰어 나갔다. 야간 근무는 매 순간이 긴박의 연속이다. 특히 오늘처럼 유흥가가 불야성을 이루는 금요일 밤에는 신고 전화가 물밀 듯이 걸려 온다.

나는 급히 순찰차에 시동을 걸었다. 5분 만에 놀이터에 도착했으나 아무도 없었다. 곧바로 신고 접수된 전화번호로 전화를 걸었다. 다행히 당사자들 간에 협의를 끝내고 집으로 돌아간 상황이었다. 이런 일들은 종종 발생한다. 신고자의 안전을 확인하고 나자 또다시 무전기가 울렸다.

"황새마을 골목에 불량배들이 배회하고 있어 주민들이 무섭다는 신고 접수, 출동 바람."

그곳은 범죄가 많이 발생하는 주요 길목이었기 때문에 '거점 근무' 명령이 떨어졌다. 골목에 순찰차가 진입하자 한 무리의 녀석들이 아무 일 없었다는 듯 어슬렁어슬렁 골목을 걸어 나왔다. 전조등이 그들을 비추었다. 제법 기골이 장대한 두어 명이 있었지만 한눈에 봐도 열대여섯, 열예닐곱 살밖에 안 된 녀석들이었다. 나는 차창을 열어 얼굴을 내밀었다.

"학생들, 한밤중에 몰려다니지 말고 얼른 집으로 돌아가요."

"씨발. 내 발로 내가 돌아다니는 데 괜히 시비야."

기골이 장대한 놈 중 한 놈이었다. 화농성 여드름이 얼굴을 덮고 있는 녀석이었다. 딴에는 작은 목소리로 투덜거렸지만, 밤이라 또렷하게 들렸다. 순간 욱하고 성질이 올라오는 걸 꾹 눌러 참았다. 그때, 여드름이 무리를 향해 눈길을 휙 던졌다. 신호를 알아듣고 녀석들이 빠른 걸음으로 골목을 빠져나갔다. 여드름이 무리의 짱인 듯했다. 차 문을 열고 뛰쳐나가려는 나를 파트너가 잡아 앉혔다.

"어린놈이 욕을 하잖아요."

"한창 센 척할 때야. 그냥 놔둬. 사건 사고가 일어난 것도 아니잖아."

발끈한 나와는 달리 파트너가 날카로운 눈매로 주위를 살피며 말했다. 그때, 다세대주택이 밀집해 있는 골목 안쪽에서 한 녀석이 비척비척 걸어 나왔다. 녀석은 순찰차 사이렌 불빛을 보고는 주춤하더니 연신 주변을 두리번거렸다.

시속 10킬로미터 속도로 느리게 이동하던 순찰차의 속도를 더 낮췄다. 가끔은 순찰차만 봐도 지레 겁 먹는 사람들이 있기 때문이다. 중학생이라면 아직은 순찰차를 무서워할 나이다.

"밤길이 무서우면 아저씨가 목적지까지 데려다줄까?"

파트너가 차창을 내리고 물었다.

나는 녀석이 잘 보이지 않았다.

"너무 늦게 돌아다니지 말거라."

녀석이 그냥 지나친 모양이다. 조수석 차창이 도로 올라갔다. 나는 룸미러로 녀석의 뒷모습을 보았다. 휴대폰 액정을 들여다보다가 사방을 둘러보는 폼이 누구를 만나러 가는 모양이었다.

전조등을 끄고 차를 한쪽 모퉁이에 세워 놓았다. 사이렌 불빛만으로도 범죄 예방 효과가 꽤 있기 때문이다. 물론 이때도 주변에 특이 사항이 있는지를 확인하고 경계하느라 바짝 긴장하고 있어야 한다.

"저는 이 제복이 갑갑해 죽겠습니다. 제약이 너무 많지 않습니까? 버르장머리 없는 놈들한테 욕 들어도 짓패지도 못하고 말이에요. 제가 꿈꾸던 모습이 아니란 말이죠."

"강력반 형사가 체질이다, 또 그 소리 하려는 거냐?"

"적어도 복장은 자유롭잖습니까. 안 그래요? 두고 보세요, 꼭 형사과로 가고 말 테니까요."

"그렇게 주먹이 쓰고 싶으면 깡패가 됐어야지 왜 경찰이 됐냐, 짜샤."

파트너의 농담에 나는 씩 웃는 것으로 대답을 대신했다. 내가 꿈꾸었던 경찰 생활은 뛰고, 쫓고, 날아다니고……. 생각만으로도 뽀대 작렬이었다. 현실은? 싸움 난 거 중재하고 화해시키고 술주정뱅이들 달래고 얼래고, 짭새 소리나 듣는다. 제길!

다시 무전기가 울렸다.

"순찰차 지원 요청. 사거리 상가 지역 '내꼬야' 잡화점 좀도둑 사건 신고 접수, 출동 바람."

출동 무전이 떨어지자마자 순찰차를 돌려 현장으로 달렸다. 막상 도착해 보니 CCTV도 없는 데 인상착의만으로 범인을 잡아 달라는 거였다. 중학생 정도로 보였다는 것 빼고는 구체적인 게 하나도 없었다. 도울 방법이 없어 허탈한 사건이었다. 피해자를 다독거리고 CCTV 설치를 권장할 수밖에 없었다.

파트너와 나는 다시 거점 근무 지역으로 돌아가는 중이었다. 풀빵과 어묵을 파는 포장마차 앞을 지날 때였다.

"풀빵 좀 사 와. 허기 좀 때우게."

파트너의 부탁이 아니었어도 허기가 밀려올 시간이었다.

내가 포장마차로 들어가려는 순간이었다. 포장마차의 돈통에서 천 원짜리 한 움큼을 쥔 손이 자신의 재킷 주머니로 들어가는 게 내 눈에 포착됐다. 내 몸은 미끄러지듯 포장마차 안으로 들어섰으며 사태를 파악하기도 전에 나는 그 손의 주인공을 기억해 냈다. 남정우였다. 정우도 나를 기억해 낸 게 분명했다. 녀석이 서둘러 포장마차 밖으로 뛰쳐나갔다. 아주머니는 무심히 풀빵을 굽고 있었다.

"아들이세요?"

어묵을 하나 집으며 내가 슬쩍 물었다. 아주머니가 미소를 지었다. 네, 아들이에요. 이런 의미의. 나는 어묵을 씹으며 아주머니의 표정을 살폈다. 누군가 내민 만 원짜리를 거스르기 위해 돈통을 휘젓는 아주머니 얼굴엔 의심이라곤 눈을 씻고 찾아도 없었다. 말이 돈통이지 음료수 박스 만한 것을 개조해서 재활용한 것이 전부였다. 물건값이라고 해 봐야 천 원짜리와 동전이 대부분이니 저 통을 다 채운다 한들 얼마나 될까? 풍성한 수확의 시기가 지나고 힘겨운 월동이 대기하고 있어서인지 괜스레 감정이 북받쳐 오르며, 수입은 늘지 않는데 세금은 쥐도 새도 모르게 오른다고 한숨짓던 어머니 얼굴이 떠올랐다.

나는 풀빵을 싸 달라고 주문했다. 그리고 방금 본 것을 말할까 말까 고민하다 말하기를 포기했다. 신원이 확인되었으니 좀 더 지켜보기로 했다. 나는 어묵과 풀빵값으로 삼천 원을 내고 서둘러 포장마차를 나왔다.

그로부터 한 달이 지난 어느 날이었다.

그곳은 말이 좋아 학원가이지 밤이면 형형색색의 간판들이 본색을 드러내며 유흥가로 돌변하는 지역이었다. 어느새 수분이 다 빠져 밟기만 해도 으스러지는 낙엽을 밟으며 동료도 없이 나는 순찰이라는 명목으로 거리를 헤매는 중이었다. 근무복을 입지 않은 자유의 몸으로 말이다. 물론 근무 시간이 아니었기 때문에 가능한 일이다. 나는 때때로 시시각각 신분이 노출될 위기에 처한 스파이가 되어 보곤 했다. 그 짜릿함은 말로 표현할 수가 없다.

가끔은 사람이 드문 곳에서 "이 형사!" 하고 불러 보기도 한다. 사복을 입으면 영락없이 껄렁한 고딩으로 보이는 내 외모 때문에 정말 형사 놀이하는 미친놈 취급을 당하기도 한다. 하지만 남들이 나를 어떻게 보든 무슨 상관인가. 누가 뭐래도 내가, 대한민국 경찰임이 자명한 사실인 것을.

근린공원을 지날 때였다.

나도 모르게 발걸음이 느려졌다. 공원 구석탱이 한 무리의 아이들 속에서 정우를 발견한 것이다. 아, 저 자식. 왜 자꾸 내 눈에 띄는 거야. 짜증이 밀려왔지만 내 몸은 첩보원처럼 무리 옆으로 잠입하고 있었다.

"이 새끼. 천 원 갖고 풀빵이나 사 먹으란 소리야? 확 밟아 버릴까 보다."

무리의 짱인 듯한 녀석이 정우에게 윽박지르고 있었다. 그런데 낯이 익었다. 녀석을 어디서 봤더라. 혹시 황새마을 여드름? 자세히 보니 여드름이 맞았다. 그러고 보니 그날 뒤늦게 비척비척 걸어 나온 녀석이 정우였던 것 같다. 아니, 분명하다. 그날, 포장마차의 돈통에서 천 원짜리 한 움큼을 훔쳐 가던 정우 얼굴이 떠올랐다. 오라, 저 녀석들이 뒤에서 조종하는 놈들이었군. 그 뒤로도 계속 돈을 훔쳤단 말이지. 갑자기 온몸의 세포가 요동을 쳐 댔다. 본능적으로 나는 녀석들을 탐색하기 시작했다.

"선배 말이 우습게 들려? 죽고 싶냐?"

다른 녀석이 정우에게 주먹을 들어 보이며 협박조로 물었다. 폭행에 삥까지 뜯어 먹는 나쁜 놈들이군. 몸집도 작고 비리비리

한 데다 고분고분하기까지 하니 불량배들한테 정우는 딱 좋은
먹잇감이다. 대강 그림이 그려졌다.

　그때였다.

　"야, 너. 이리 와 봐."

　이번엔 여학생이었다. 머릿결이 누렁이 개털만도 못한 유일한
홍일점이었다. 보아하니 짱의 여자 친구인 듯했다.

　"내가 휴대폰 케이스 바꿔야 한다고 그랬어, 안 그랬어."

　개털이 정우의 머리를 손가락으로 톡톡 건드리며 비아냥거렸
다. 내가 나설까 망설이는 데 정우의 목소리가 가늘게 떨리며 새
어 나왔다.

　"더, 더 이상은 못 해요. 도, 도둑질이잖아요."

　"이 새끼 뭐라는 거냐? 도둑놈의 자식이 도둑질을 못 하면 쓰
나. 얘들아, 안 그래?"

　여드름이 아이들을 향해 어이없다는 듯 물었다. 아이들이 은
밀하고도 야비한 웃음을 터뜨렸다.

　"흐윽."

　정우가 흐느꼈다. 일단 사태를 마무리시킬 필요가 있었다.

　"에이취!"

나는 부러 기침 소리를 크게 내며 아이들 앞으로 불쑥 걸어 나갔다. 화들짝 놀란 녀석들이 움찔하더니 뭐야 하는 눈빛으로 쏘아봤다. 캬악 퉤! 나는 가래와 침을 긁어모아 거칠게 내뱉었다. 그러고는 녀석들을 매섭게 쏘아보았다. 녀석들이 슬금슬금 뒷걸음질을 쳤다.

"뭘 봐. 학원 땡땡이친 놈은 학원으로 가고, 그렇지 않은 놈은 집으로 빨리빨리 기어들어 가지 않고. 얼른!"

내가 한 번 더 눈을 부라리고 이를 깨문 뒤에야 녀석들이 흐물흐물 돌아섰다.

"너……, 너는 잠깐 이리 와."

내가 정우를 지목했다. 정우가 주뼛거리며 나를 바라보았다. 그제야 녀석들이 후다닥 공원을 내빼듯 빠져나갔다. 녀석들이 공원을 빠져나가자 정우가 쓸쓸히 돌아서 걸어 나갔다. 졸지에 투명인간 취급이라니.

"인마. 이리 오라는 소리 안 들려?"

내가 소리쳤다. 정우는 돌아보지 않았다.

"저런 도둑놈의 자식!"

발끈한 내 목소리에 정우가 팩 돌아보았다. 어둠 속에서도 정우의 표정이 저주를 퍼붓고 있음을 느낄 수 있었다.

'도둑놈의 자식이 도둑질을 못 하면 쓰나.'

여드름이 했던 말이 떠오르며 아차 하는 생각이 들었다. 정우에게 도둑놈의 자식이라는 말은 뭔가 특별한 상처를 내포하고 있는 게 확실했다.

"미안. 너, 나 알지? 왜 그래, 알잖아."

나는 사과한다는 손짓을 해 보이며, 우리가 초면이 아니란 걸 거듭 강조했다. 무심한 건지, 무시하는 건지, 정우는 아무 반응도 하지 않았다.

"이 자식, 저런 깡패 놈들한테는 꼼짝도 못 하면서 대체 나한테는 왜 그러는 거냐? 내가 경찰인 거 알잖아. 도움이 필요하면 도와 달라고 하란 말이야, 짜샤."

그런 거라면 필요 없다는 듯 정우가 홱 돌아섰다.

"돈통에서 돈 훔쳐 가는 거 네 엄마가 아냐?"

내가 정우 뒤통수에 대고 소리쳤다. 정우가 걸음을 멈추더니 돌아섰다. 그렇지, 그래야지. 자수해서 광명 찾아야지? 내가 의기양양한 표정으로 정우를 바라보았다. 뜸을 들이던 정우가 입을 열었다.

"엄마도 아는데요."

내가 잘못 들은 줄 알았다. 뭐? 뭐라고? 내 표정을 읽었는지 정우가 덧붙여 말했다.

"알면서 모른 척해 주는 거라고요."

정우가 다시 한번 강조했다. 나는 웃음을 터뜨렸다.

"이 자식이. 감히 경찰 앞에서 거짓말을, 혼나 볼래?"

"어차피 믿지도 않을 거면서 왜 자꾸 물어봐요?"

내가 잠시 머뭇거리는 사이 정우는 저만큼 달아나고 있었다.

기가 막혔다. 자식이 좀도둑질하는 데 모른 척해 준다니. 뭐 이런 콩가루 집안이 있나 싶었다. 난 속으로 연신 툴툴거리며 공원을 빠져나왔다. 무슨 맘이었는지 모르겠다. 내 발걸음은 저절로 정우네 포장마차를 향하고 있었다. 바늘 쌈지에서 도둑이 난다고 했다. 정우 엄마에게 확인해 볼 필요가 있었다. 뭐라고 말하지? 당신 아들이 돈통에서 돈을 훔치는 걸 이 눈으로 똑똑히 봤어요. 그걸로 불량배들한테 삥을 뜯기고 있더군요. 이렇게? 내가 고자질하는 꼴이라니. 우스운 생각이 들었다. 신고한 사람도 없는데 체포 영장을 들고 갈 수도 없는 노릇이다. 그때서야 나는 가던 길을 멈출 수 있었다.

집으로 돌아가는 길이었다. 사거리 횡단보도에서 버스가 신호를 기다리고 있었다. 버스 안에 앉아 있으면 밖의 풍경이 더욱 선명하게 들어온다. 버스 밖의 사람들은 버스 안의 사람들에게 무심하기 마련이다. 버스 차창에 기대어 네온사인이 번쩍거리는 밤 풍경을 감상하고 있을 때였다. 엄마를 도와 포장마차를 정리하는 정우가 내 눈에 들어왔다. 장사를 마친 후의 뒷정리를 묵묵히 돕고 있는 정우. 하루 일과를 정리하는 두 사람의 모습은 참으로 애틋해 보였다. 애써 억눌렸던 정우에 대한 호기심이 스멀스멀 피어오르는 순간 신호가 바뀌었다.

며칠 후, 주간 근무를 서는 날이었다.

야간 근무조에게 간밤의 특이 사항 및 장비 인계를 받던 중, 정우를 떠올릴 만한 사항을 전달받았다. 연말연시를 맞이하여 불법 행위 근절 강화 기간을 정하고, 불법 노점상 특별 단속을 실시한다는 거였다. 드디어 올 것이 왔구나. 풀빵을 사 먹던 날, 파트너와 주고받았던 대화가 다시금 떠올랐다.

"계절 특수를 노린 불법 적치물 단속이 곧 시작될 텐데 큰일이야. 야간이랑 휴일 단속이 강화되면 하루 벌어 생계를 유지하는 저런 노점상들한테는 정말 미안한 일이거든."

"빌어먹고 사는 것도 아니고 열심히 살아 보겠다는 건데 좀 봐주면 안 됩니까?"

"한번 봐주면 우후죽순으로 노점이 생겨날 테고, 그러다 보면 노점상들끼리 이권 다툼이 안 생길 수 없고, 목 좋은 곳만 노려서 그룹으로 하는 기업형 노점들이 생겨나겠지? 더 큰 문제는 이것들이 국가 땅을 갖고 자릿세를 받아 처먹는 사태가 발생한단 말이야. 그러다 보면 노점을 감당 못 하는 지경까지 이르게 될 텐데. 누군 봐주고, 누군 안 봐줄 수 없는 거 아니겠나."

"민원이 많이 들어올까요?"

"노점들이 세금 한 푼 안 내고 목 좋은 데서 떡하니 장사한다고 생각해 봐. 가게 임대해서 세금 내고 장사하는 사람들 입장에선 화나는 게 당연하지 않겠어?"

"그래도 사람 사는 정이란 게 있잖습니까."

"그놈의 '정'이란 것도 추억 속으로 사라져 가고 있다네."

파트너의 한숨 소리가 생생하게 들려오는 듯했다. 그런데 나는 정우와 무슨 각별한 정을 나눈 사이도 아니건만 자꾸 정우가 눈에 밟히는 건 왜일까?

그뿐만이 아니었다. 등교 시간에 맞춰 지역 내 초중고교 순찰을 돌면서 나는 이상한 경험을 했다. 작고 왜소한 흑마중 교복을 입은 아이만 보면 그 아이가 정우였다가, 정우일 것만 같았다가, 제발 정우였으면, 하는 나 자신을 발견한 것이다. 그것은 퇴근 무렵까지 이어졌다.

괜한 오지랖이어도 하는 수 없었다. 내 발길은 자연스레 포장마차를 향하고 있었다.

"지구대에서 나왔습니다."

나는 안심하라는 뜻으로 신분을 밝혔을 뿐이었다. 그런데 아주머니 얼굴빛이 파랗게 질리는 게 아닌가.

"단속 나온 게 아닙니다."

내가 재빨리 말했다. 아주머니가 가슴을 쓸어내렸다.

"저, 물어볼 게 있습니다."

아주머니는 반죽이 든 주전자를 들었다가 도로 내려놓았다. 순간, 눈빛이 불안하게 흔들리더니 대뜸 속사포처럼 말을 쏟아냈다.

"우리 그이는 정말 억울해요. 그렇게 믿고 따랐던 사장이 그이에게 누명을 씌우고 날라 버린 거라고요. 그이는 법 없이도 살 사람이에요. 남의 돈에 욕심내는 사람이 아니에요. 회사 일이라면 자다가도 벌떡 일어나 뛰쳐나간 게 죄라면 죄지요. 개미처럼 일만 한 사람이라고요."

정우의 약점이 이거였구나. 나는 당황스러움을 감추지 못하며 자초지종을 설명했다.

아주머니가 고개를 떨구었다.

"눈치는 채고 있었어요. 학교에 찾아가 따져 봐야 싸울 힘도 없고 쫓아다닐 시간도 없어요. 애 아빠도 구속된 상태라 괜히 안 좋은 일에 주목받아서 좋을 것도 없고, 그럴수록 아이들은 더 교묘하게 정우를 괴롭힐 테니까요."

아주머니가 말끝을 흐렸다.

말문이 막혔다. 나는 다시 연락할 것을 약속하고 돌아섰다. 그 순간 바로 어제 일처럼 한 장면이 불쑥 펼쳐지는 게 아닌가.


그러니까 내가 중3 때였다. 나는 또래들보다 덩치도 크고 주먹도 센 편이었다. 사업에 실패한 아버지는 허구한 날 술에 쩔어 있었고, 어머니는 종일 보험을 팔러 다녔다. 나는 모든 게 불만이었다. 당연히 공부는 뒷전이었으며 늘 세상 근심 다 짊어진 듯 얼굴을 찡그리고 다녔다. 그때를 떠올리면 지금도 헛웃음만 나온다.

내가 하도 인상을 쓰고 있으니까 하루는 아버지가 보다 못 해 한마디 했다.

"미간에 주름 생기겠다, 이놈아."

"……."

나는 조심스럽게 검지로 인중을 만지며 이마를 찡그렸다.

"미간에 내 천 자 생기겠다고 이놈 새끼야!"

욕설과 함께 별안간 베개가 날아와 내 얼굴을 강타했다. 이어진 아버지의 말.

"에라이, 무식한 새끼."

내가 뭘 어쨌다고 지랄이야! 나는 미친놈처럼 날뛰면서 소리를 버럭 질렀다. 베개에서 풍기는 역겨운 냄새도 참기 힘들었고, 주정뱅이 아버지보다 모자란 취급을 당하는 모멸감은 더욱 참기 힘들었다. 그 길로 나는 집을 뛰쳐나와 무작정 동네를 돌아다녔다. 무엇이든 걸리기만 하면 다 작살내 주겠다는 의지로 충만해 있을 때, 기똥차게 멋진 오토바이가 내 눈에 들어왔다. 꼭지가 돌아 버린 탓인지 냉큼 오토바이를 훔치고 싶은 충동을 느꼈다.

나는 결국 오토바이를 훔쳤다. 그러나 훔친 지 한 시간도 안 되어 주인에게 덜미를 잡혔다. 꼼짝없이 절도범이 되어야 했다. 그런데 오토바이 주인이 내게 뜻밖의 제안을 하는 게 아닌가.

"《청춘은 자란다》란 책을 읽고 독후감 써 와. 내 맘에 들면 오늘 일은 없었던 일로 해 준다."

들도 보도 못한 책 이름이었지만 선택의 여지가 없었다. 게다가 장편 소설인 걸 알았을 때의 그 절망감이란. 책을 읽다 내 청춘이 끝나 버리지는 않을까 싶을 정도로 두꺼운 책이었다. 그런데 이게 웬일인가. 책 한 권에 인생이 바뀌었으니 내가 경찰이 되기로 결심한 것이다.

소설의 내용은 이렇다.

태생부터 악질인 주인공이 알 수 없는 조직에 의해 강력계 형사로 거듭난다. 그러나 자신이 범죄 조직에 의한 스파이 신분임을 알게 되고, 떳떳한 경찰이 되기 위해 범죄 조직과 맞서 싸우게 된다. 한마디로 쓰레기에게 목표 의식이란 게 생겨난다. 뭐 그런 얘기였다.

만약, 오토바이 주인이 나를 절도범으로 고소해 버렸다면 나는 어떻게 되었을까? 중요한 순간에 좋은 사람을 만날 확률은 또 얼마나 희박한가? 난 그날부터 오로지 경찰이 되기 위해 죽을힘을 다해 공부했다. 미간과 인중도 구분 못 하던 내가 말이다.

불안했던 일은 실제로 벌어지고 말았다.

그날도 나는 무전을 받고 현장으로 출동했다가 돌아오는 길이었다. 또다시 무전기가 울렸다.

"큰길 사거리 중심 상업 지구 긴급 출동 바람."

'긴급'이라는 단어가 주는 긴장감 때문인지 운전대를 돌리는 내 손에서 땀이 났다.

현장 초입부터 분위기가 심상치 않았다. 차를 한쪽에 주차해 놓고 파트너와 나는 한복판으로 걸어 들어갔다. '질서 유지'라는 조끼를 입은 건장한 청년들이 물품을 발로 차며 욕설을 해 대고 있었다. 그들이 노점 단속 용역들이란 걸 인식하는 순간, 푹 꺼진 눈자위, 풀어 헤쳐진 머리, 파르댕댕한 입술을 부르르 떨며 힘겨운 사투를 벌이고 있는 여인이 눈에 들어왔다. 저, 정우⋯⋯ 정우 엄마였다.

"아이고! 이것만은 안 돼, 이놈들아!"

"씨발. 이거 안 놔!"

청년이 아주머니를 발로 차려고 했다. 파트너가 성큼성큼 다가가 악을 써 대는 아주머니를 끌어냈다.

"아주머니, 이래 봤자 소용없어요. 자꾸 소동을 피우면 현행 체포하는 수밖에 없습니다. 잘못하면 징역을 살 수도 있다고요."

"아이고, 그럼 겨우내 어찌 살라는 거예요. 안 돼, 이것만은 안 돼!"

아주머니가 다시 수레를 붙잡고 악을 써 댔다.

"젊은 경관은 뭐 하는 거야. 계속 꿔다 놓은 보릿자루처럼 서 있을 거야!"

군중 속에서 불만이 터져 나왔다. 사람들 시선이 내게로 쏠리는 듯했다. 난감한 순간이었다. 군중을 의식한 청년들이 수레를 발로 차기 시작했다. 돈통이 바닥으로 굴러 떨어지고 음식 재료가 사방으로 흩어졌다. 그때였다.

"이 개새끼야아!"

한 소년이 아니, 정우가 위협적으로 달려오고 있었다. 사람들이 정우의 질주를 막아 보려는 듯 손짓을 해 보였지만 소용없었다. 마치 광속 90퍼센트로 날아오는 야구공처럼 정우는 사람들

사이를 가뿐히 통과했다.

"저저저, 저 새끼 뭐야! 어어어 억."

집어삼킬 듯한 광속도에 놀란 청년들이 뒤로 자빠져 허우적거렸다. 나 역시 정우의 스피드에 놀라는 중이었다. 그 충격으로 몇 초 동안 시야가 희미해지더니 소리 없는 폭음과 함께 주변이 불길에 확 사로잡히는 착각이 들 정도였다.

착각은 오래가지 않았다. 자신들을 그 모양 그 꼬락서니로 만든 당사자가 왜소하기 짝이 없는 중딩이란 걸 청년들이 깨달은 것이다. 화가 머리끝까지 난 청년이 정우를 향해 주먹을 들어 보이다 주춤했다. 정우가 미친개처럼 눈을 희번덕거리며 누군가를 향해 돌진했기 때문이다. 손에 들고 있던 장비를 바닥에 내동댕이치고 도망을 치려던 청년이 바닥으로 나뒹굴었다. 정우가 청년의 바짓가랑이를 붙들고 악을 써 댔다. 청년이 정우를 떨쳐 내려 안간힘을 썼다. 엎치락뒤치락하던 청년의 얼굴이 슬로우 비디오처럼 서서히 내 눈에 들어왔다. 헉, 믿고 싶지 않았지만 여드름이었다. 내 머리는 삽시간에 완전 멘붕 상태로 빠져들었다.

"이 순경. 안 말리고 뭐 해!"

파트너가 고함을 질렀다.

지렁이도 밟으면 꿈틀한다고 했다. 죽기 아니면 까무러치기로 달려드는 정우를 무슨 수로 말린단 말인가? 공원에서 정우를 만났던 날, 내가 정우에게 했던 말이 메아리치듯 들려왔다.

'이 자식, 저런 깡패 놈들한테는 꼼짝도 못 하면서 대체 나한테는 왜 그러는 거냐? 내가 경찰인 거 알잖아. 도움이 필요하면 도와 달라고 하란 말이야, 짜샤.'

맙소사. 그런 말은 함부로 하는 게 아니었다.

"아이고 정우야, 안 돼. 너까지 잘못되면 엄마 죽는다!"

아주머니가 정우를 말렸다. 소용없는 일이었다. 정우는 온몸을 던져 펄떡거렸다. 잡히는 족족 미꾸라지처럼 빠져나가 여드름을 덮쳤다.

"이놈. 자꾸 이러면 공무 집행 방해죄로 잡혀 가는 수가 있어."

파트너가 타이르듯 나무랐다. 정우가 고개를 팩 돌려 씩씩거렸다.

"어허, 이놈 버르장머리 좀 봐라. 좋은 말로 할 때 그만하지 못하겠니?"

파트너가 더욱 엄한 얼굴로 정우를 혼낼 때였다. 슬금슬금 뒷걸음질 치던 여드름이 벌떡 일어나 내달리기 시작했다. 군중들이 수군거렸다.

"이 새꺄! 거기 안 서!"

정우가 여드름을 쫓아가며 소리를 냅다 질렀다. 파트너가 쫓아가 정우를 붙들었다. 정우가 발광을 해 댔다. 사람들이 '독한 놈'이라며 혀를 찼다. 반면, 이들 모자를 안쓰럽게 바라보던 사람들은 단속반에게 손가락질을 했다.

"도망치는 새끼는 안 잡고 왜 엄한 애를 잡아!"

"이봐요, 거 참. 점포를 가지고 있는 사람은 가게를 불법 개조해서 버젓이 영업하잖아요. 그런 건 묵인하면서 어째 저런 사람들만 단속하는 겁니까? 이건 엄연히 편파 단속 아닙니까? 형평성에 맞는 단속을 하세요."

곳곳에서 항의가 이어졌다.

단속원 한 명이 줄행랑을 치자 '질서 유지' 조끼들도 서둘러 자리를 뜨려는 조짐이 엿보였다.

"오늘 특별히 봐주는 거요. 낼까지 자진 철거 안 하면 고발 조치당할 줄 아세요. 알았어요?"

한 청년이 선심 쓰듯 윽박질렀다. 그러고는 단속반을 이끌고 훌쩍 자리를 떠났다. 그들이 빠져나간 자리엔 음식 재료와 집기

들이 처참한 몰골로 널브러져 있었다. 구경꾼들도 하나둘 자리를 뜨기 시작했다.

"너 이 자식. 여기 구경 왔냐? 구경 왔냐고 자식아."

파트너가 눈을 부릅뜨며 화를 냈다.

"그게 아니고요. 아까 그놈 말입니다. 수상하지 않습니까?"

"뭐가?"

파트너가 주변을 의식하며 입을 앙다물고 물었다.

"용역 단속반에 고교생이 동원됐다면 어떻게 되는 겁니까?"

내가 의심이 가득한 말투로 속삭였다.

"너 미쳤어? 당장 그 입단속이나 해, 짜샤."

파트너는 눈알이 튀어나오기 일보 직전이었다. 엉겁결에 나는 눈알을 받아 내는 시늉을 하다가 파트너에게 종아리를 세게 걸어차였다.

"아아아 앗."

엄살이 저절로 나왔다. 나는 종아리를 문지르며 온몸을 흐느적거렸다. 그러다 정우와 눈이 마주쳤다. 나쁜 짓 하다 들킨 것처럼 뜨끔, 괜스레 주눅이 들었다. 얼른 고개를 돌렸다.

하지만 세상에 비밀은 없는 법. 기어코 지구대가 발칵 뒤집히

고 말았다. 다음 날, 지구대 전 직원에게 비상 소집 명령이 떨어
졌다.

경찰 근무 태만이 부른 참사
구청과 용역 업체가 노점상 강제 철거에 고교생 동원 의혹
노점상 단속 용역 청년의 수상한 도주, 경찰은 구경만
노점, 그냥 먹고살게 해 주면 안 될까요?
청소년 처벌 강화해야

밤사이 많은 제목의 글들이 인터넷을 뜨겁게 달구고 있었다.
그날의 참사를 담은 동영상은 인터넷과 SNS를 통해 빠르게 번
져 갔다. 가장 큰 이슈는 '노점상 강제 철거에 고교생 동원 의혹'
이었다. 도주한 용역 청년의 '신상 털기'는 '정보 유출'이라는 새
로운 문제로 네티즌들 간 싸움으로 번지면서 검색어 1위에 오를
정도였다. 대장은 노발대발 길길이 날뛰었고, 모든 비난의 화살
은 당연히 내게 쏠렸다.
급기야 나는 정우를 만나러 학교로 갔다. 정우는 놀라지도 않
았다. 찾아온 이유를 짐작한 듯 정우가 먼저 말했다.

"제가 그 형한테 화가 난 건 사실이지만 그 형을 힘들게 할 생각은 없어요. 그러니까……."

꺼지라고? 정우가 삼킨 말을 찰떡같이 알아들었지만, 못 알아들은 척 할 말을 이어 갔다.

"용역 업체에선 고교생을 고용한 적이 없다고 딱 잡아떼고 있거든."

여기까지 말하고, 나는 정우 표정을 살폈다.

"그래서요? 누명 씌울 사람이라도 찾고 있나요?"

뼈가 있는 말이었다. 입안에서 맴맴 도는 말을 꺼내자니 체면이 서지 않았다. 정우가 관심 없다는 듯 돌아서려 했다.

"용역 업체에선 노점상 자작극이라고 주장하고 있어."

이런 말까진 하고 싶지 않았지만 어쩔 수 없었다. 정우가 황당하다는 듯 입을 떡 벌린 채 쳐다봤다. 입이 열 개라도 할 말이 없었다. 내 얼굴이 화끈 달아올랐다. 근무 태만으로 물의를 일으킨 경찰에 대한 동정심이었을까? 정우가 순순히 진술에 응하겠다고 했다. 서로 말은 안 했지만, 우리가 예상했던 시나리오는 용역 업체의 처벌이었을 것이다.

하지만 예상은 완전히 빗나갔다.

'후배들에게 절도와 사기를 시켜 금품 가로챈 십 대, 도주한 용역 청년으로 밝혀져 충격!'이라는 기사가 인터넷 헤드라인을 장식한 것이다.

동네 청소년들 사이에 '짱'으로 행세하면서 후배들에게 사기와 절도를 시켜 금품을 가로챈 십 대 K 군이 불구속 입건됐다. K 군은 각종 절도와 사기를 행하게 하고 발각되면 혼자 범행했다고 진술하도록 해 처벌을 피해 온 것으로 알려졌다. 더욱 놀라운 것은 K 군이 노점상 자작극을 꾸미다 도주한 용역 청년인 것으로 밝혀져 충격을 주고 있다.

기사 내용을 읽자 머리가 멍해졌다. 끝끝내 '노점상 자작극'으로 사건을 마무리하려는 게 구청과 용역 업체의 속셈이었다니. 기가 막히고 코가 막힐 노릇이었다. 차라리 머리카락 뒤에서 숨바꼭질하지. 내가 말단 신세를 한탄하면서 비통해하고 있을 때, SNS를 통해 반박 자료가 공개되었다. 닉네임 '뺑까시네'가 공개한 톡 내용은 이랬다.

- 구청에서 섭외받고 경호 업체에서 연락받고 경찰이랑 다 같이 하는 거예요.
- 고딩도 가능한 거 맞죠? 학생증 사진 보냅니다.
- 명단에 들어가 있으니 빵구 내면 안 돼요.
- 넵.

용역 업체의 진실은 점점 미궁을 헤매고, 여드름이 자신의 신분을 밝혔다는 사실이 알려지면서 네티즌들의 반발은 더욱더 빗발치기 시작했다.

- 아르바이트라고 해서 갔을 뿐이야. 니네 엄마 노점상인 건 현장에 도착해서 알았어. 도저히 못 하겠더라. 그래서 도망친 거야. 제발 믿어 줘라.

곧바로 사건 직후 여드름이 정우에게 보낸 톡 내용이 공개되면서 논란은 더욱 불거졌다. 구청과 용역 업체는 여전히 서로에게 책임을 떠넘기고 있다. 수사는 아직도 진행 중이다.

그러던 어느 날 오후, 정우가 나를 찾아왔다.

"오, 이게 누구신가? 남정우 아냐."

나는 약간 오버액션을 취하며 정우를 반겼다. 정우가 '우웩' 하며 혀를 쑥 내밀었다.

"아저씬 왜 경찰이 됐어요?"

정우가 불쑥 물었다.

"형사가 되고 싶어서."

"형사요? 아저씨가요?"

"이 자식은 항상 나를 개무시한다니까. 글고 내가 왜 아저씨야, 형이지."

그제야 정우가 픕 하고 웃었다.

"형사가 왜 되고 싶은데요?"

"폼나잖아."

정우가 내 말을 흉내 내며 입술을 배쭉거렸다.

"인마. 지나가는 초딩한테 물어봐라. 잡혀가는 놈이 되고 싶은지, 잡아가는 놈이 되고 싶은지. 너야말로 달리기 겁나 빠르던데 뭐가 되고 싶냐?"

"없어요."

정우가 곱씹지도 않고 대답했다. 구구절절 들어 보지 않아도 정우 심정을 알 수 있을 것 같았다. 나도 정우 나이 땐 그랬으니까.

"저 이사 가요."

정우가 힘없이 말했다. 잠시 침묵이 이어졌다.

"지난번에 도와줘서 고마웠다."

언제든지 내 도움이 필요하면 말해라. 이 말은 가슴으로 했다. 아마 정우도 느꼈을 거다. 내가 많이 미안해하고 있다는 거. 정우가 아쉬운 듯 고개를 숙였다.

"너,《청춘은 자란다》란 책 아냐?"

"헐, 도서 추천은 사양합니다."

"곧 영화로 나온대. 개봉하면 같이 보러 가자고 인마."

정우가 해죽이 웃었다. 그래 그렇게 웃어라 짜샤. 세상 근심 다 짊어진 애어른 같은 얼굴 하지 말고. 내 마음을 읽었을까? 정우가 더욱 환한 얼굴로 해발짝 웃었다.

그 후, 몇 주가 흘렀다.

갑작스러운 한파 주의보로 온 세상이 패닉에 빠진 날이었다. 야간 순찰을 도는 중이었다. 이런 날은 뜨끈한 어묵 국물이 저절로 생각나기 마련이다. 내 마음을 알기라도 한 듯 김이 모락모락

피어나는 포장마차가 짠 하고 나타났다. 거기엔 어묵과 풀빵만 있는 게 아니었다. 한파도 어쩌지 못 하는 사람이 있었다.

　사, 람, 이.

충전을 완료했습니다

이미지 센서, 촉각 센서, 후각 센서, 청각 센서, 음성 센서 ON.

－쾌속 충전을 시작합니다.

영심은 로봇을 가만히 들여다보았다. 눈꺼풀의 미세한 떨림이 느껴졌다. 영심은 무릎을 꿇어 로봇에게로 몸을 숙였다. 그러고는 너무 벅찬 듯 눈물을 글썽거리며 중얼거렸다.

"어쩜, 영락없는 한별이야. 한별이가 돌아왔어."

수열은 말없이 그녀를 지켜볼 뿐이었다. 로봇 입양을 결정한 건 아내를 위해서였다. 날이 갈수록 야위어 가는 영심을 그냥 지켜볼 수만은 없었다. 모처럼 영심의 얼굴에 생기가 돌았다.

"요기 콧등에 매력 점 좀 봐. 우리 한별이도 똑같은 자리에 점이 있었잖아.”

당연했다. 애초에 로봇을 주문할 때 외형까지 맞춤 주문했으니까. 죽은 딸의 사진과 성격, 특기, 취미까지 주문서에 세세하게 작성한 사실을 아내가 모를 리 없었다.

수열이 냉정하게 말했다.

“엄연히 말하면 한별이는 아니야. 한별이라고 부르는 건 아니지 않아?”

“아니. 한별이야, 누가 뭐래도 한별이야.”

“당신…… 이러지 않기로 했잖아. 한별인 죽었어.”

수열이 피곤한 듯 머리를 쓸어 올리며 말했다.

“아니! 한별이가 왜 죽어. 증거 있어? 이렇게 돌아왔잖아.”

영심이 정색하며 대꾸했다.

“로봇인 거 당신도 알잖아.”

수열이 차분하게 대응하자 영심은 들은 체도 않고 로봇을 향해 몸을 돌렸다. 수열은 영심의 등짝을 가만히 바라보았다. 영심은 딸의 죽음을 아직도 인정하지 못하고 있다. 뼛조각 하나 돌아온 게 없으니 그럴 만도 했다. 하지만 영심은 딸이 죽었다는 걸 확실히 알고 있다. 지금 그녀의 등짝이 말해 주고 있었다. DNA

를 확인할 만한 증거 따위가 없어도 딸이 죽었다는 건 의심할 여지가 없었다. 당연히 그녀가 모를 리 없다. 수열은 그런 아내를 이해하려고 노력하지만 아닌 건 아닌 것이다. 돌아선 아내의 등짝을 토닥여 주지 못하는 것도 그 때문이다.

"그날은 내 기억에서 지운지 오래야. 나에겐 없는 날이야."

꼭 이런 식으로 확인시켜 준다. 절대로 잊을 수 없는 일이란 걸. 수열은 영심의 말에 대꾸하지 않았다. 서로에게 슬슬 지칠 즈음이었다.

– 충전을 완료했습니다.

기계음이 또랑또랑 울렸다. 소파로 향하던 영심이 화들짝 놀라며 돌아섰다. 수열의 시선도 로봇을 향했다. 어느새 영심과 수열은 나란히 서서 로봇의 움직임을 기다리고 있었다. 충전용 의자에 앉아 있던 로봇이 조용히 눈을 떴다.

아! 영심의 입에서 짧은 감탄사가 새 나왔다. 그러고는 휘청, 다리에 힘이 풀린 듯했다. 수열은 잽싸게 영심을 부축했다.

"아, 잘 잤다!"

로봇이 기지개를 늘어지게 켜며 자리에서 일어났다. 로봇의 눈이 영심과 수열의 눈동자에 정확히 2초씩 머물렀다. 홍채 인식 중임을 알 수 있었다.

　잠시 후 로봇이 영심을 향해,

"엄마."

다시 수열을 향해 또박또박,

"아빠."

하고 불렀다.

"어머나!"

영심이 놀란 듯한 소리를 내뱉었다. 감정을 억제하느라 목소리가 떨리고 있었다. 당장이라도 로봇을 껴안고 울고 싶은 걸 참고 있는 듯했다. 정말 한별이가 돌아왔다고 믿는 사람처럼. 수열도 마찬가지였다. 그 순간만큼은 한별이가 돌아온 거라고 믿고 싶었다. 피부의 질감이며 골격까지 영락없이 한별이었다. 하지만 그런 착각은 아내만으로 충분했다. 수열은 자신만이라도 이성을 잃으면 안 된다고 생각했다. 수열은 괜스레 창문으로 성큼성큼 걸어가 뒷짐을 지고 서서 먼 산을 내다보았다. 흔들리는 눈빛을 들키고 싶지 않아서였다. 로봇은 영심과 수열의 반응을 기다리고 있었다.

　수열은 한참을 깊이 생각하다 입을 열었다.

"네 이름은 '별'이다."

"그래, 별. 좋은 이름이야."

영심이 단박에 끼어들며 맞장구를 쳤다. 그렇잖아도 영심은 한별이란 이름을 그대로 사용하는 건 무리라고 생각하고 있었다. 고집을 부려 볼까도 생각했지만, 남편이 먼저 한발 양보한 것 같아 냉큼 받아들였다. 수열이 시선을 돌려 로봇을 바라보았다. 수열이 돌아서기를 기다리고 있었다는 듯 로봇이 즉시 대답했다.

"제 이름은 '별' 입력되었습니다."

그러고는 영심과 수열을 향해 미소를 지었다. 미소마저 한별이 판박이었다. 영심은 별을 소파로 이끌었다. 총총거리는 발걸음조차 설렘으로 충만했다. 그렇게 환한 얼굴은 오랜만이었다. 수열은 그 모습을 가만히 바라보았다. 죽은 딸의 얼굴이 영심의 얼굴 위로 오버랩 되었다. 그리움이 사무치게 밀려왔다. 수열의 마음을 아는지 모르는지 영심이 한껏 고조된 목소리로 말했다.

"무슨 얘기부터 할까? 엄마는 울 딸이랑 얼마나 수다를 떨고 싶었는지 몰라."

영심은 과거로 돌아가 있었다. 십 년이란 세월이 무색할 만큼

빠르게 적응하고 있었다. 수열이 소외감을 느낄 만큼 너무 자연스러웠다. 어쨌든 영심이 미소를 되찾았다. 그거면 됐다. 수열은 쓸쓸한 마음을 추스르며 테라스로 나왔다. 겨울 끝자락, 아직 날씨는 쌀쌀했지만 따스한 기운이 피부로 스며드는 걸 느낄 수 있었다. 테라스 창 너머로 영심이 아이처럼 재잘재잘 떠드는 소리가 들려왔다. 긴긴 겨울잠에서 깨어난 개구리 울음소리 같았다. 수열에게는.


"학교엔 보내고 싶지 않아."

영심이 단호한 투로 말했다.

"보내야 해."

수열이 서류를 영심 앞으로 내밀었다. 영심은 수열이 내민 서류를 멍하니 바라보더니 땅이 꺼질 듯 한숨을 내쉬었다.

어느새 별이 다가와 물었다.

"엄마, 무슨 일 있어요?"

영심이 별일 아니라는 듯 고개를 저었다. 별의 시선이 탁자 위 입학 안내문에 멈추었다.

수열이 대신 대답했다.

"널 학교에 보내야 하는데 엄마가 괜한 걱정이구나."

별이 영심의 표정을 가만히 들여다보았다. 애써 아닌 척했지만, 영심의 얼굴에 수심이 가득했다. 별이 고개를 갸우뚱거리며 수열을 향해 물었다.

"학교는 위험한 곳인가요?"

"아니. 배움의 터전이지."

"뭘 배우죠?"

"지식을 배우고 익히지."

"그렇다면 저는 학교에 가지 않아도 돼요. 지금 당장 80만 개의 인터넷 페이지를 검색할 수 있고, 15억 개의 단어를 학습할 수 있고, 문장을 논리적 순서에 맞게 배치할 수 있는걸요."

별이 특유의 일정한 톤으로 말했다.

"지식만 배우는 게 아니야."

수열은 친구를 사귀는 일, 음악이나 미술 같은 예술 과목도 배우는 곳임을 덧붙여 설명했다. 별은 영심을 빤히 바라보았다. 아무리 생각해도 영심은 썩 달갑지 않은 눈치였다. 별은 영심을 안심시키고 싶었다.

"엄마가 가지 말라면 안 갈 거예요."

별은 영심이 자신을 얼마나 사랑하는지 알고 있었다. 영심이 싫어하는 일은 하고 싶지 않았다.

"넌 청소년 로봇이라 의무 교육 대상이야. 법이 그렇단다."

순간 영심이 발끈하며 목소리를 높였다.

"로봇이라는 말 좀 안 하면 안 돼?"

별이 소스라치게 놀라며 한 발짝 물러섰다. 눈꺼풀을 파르르 떨면서. 수열이 할 말이 있는 듯 입술을 달싹거리다 말았다. 그러다 자리를 박차고 나가 버렸다. 별은 죄인이 된 것 같았다.

"로봇이라서 죄송해요, 엄마."

영심이 놀란 눈으로 별을 바라보았다. 별의 눈동자에 슬픔이 차오르고 있었다. 금방이라도 눈물이 쏟아져 내릴 것 같았다. 로봇은 눈물을 흘릴 수 없다. 눈물은 인간만 흘릴 수 있는 거니까. 별의 슬픈 눈을 바라보고 있자니 영심은 억장이 무너져 내리는 것 같았다.

"네가 왜 죄송하니!"

꾹꾹 참았던 눈물이 영심의 얼굴 위로 흘러내렸다. 턱까지 흘러내린 눈물이 바닥으로 뚝뚝 떨어졌다.

별은 인간이 아닌 자신이 원망스러웠다. 함께 눈물을 흘릴 수 없는 존재라니. 별이 영심의 얼굴에 손을 갖다 댔다. 눈물범벅이 손에 닿았다. 뜨거웠다. 아니, 뜨겁다 못해 손끝이 가시에 찔린 것처럼 아팠다. 영심의 슬픔이 생각보다 깊다는 걸 깨달았다. 별은 그 슬픔이 자기 때문인 것 같아 괴로웠다. 로봇이 인간이 될 수는 없는 노릇이니까.

어느덧 4월. 모처럼 미세먼지 하나 없는 날이었다.

별은 교문 앞에서 걸음을 멈추었다. 친구들 가방에 대롱대롱 매달려 있거나 부착되어 있는 노란 장신구들 때문이었다. 팔찌, 나비 브로치, 리본 고리. 모양은 가지각색이었지만 노란색이라는 공통점이 있었다. 온통 노란 물결이었다. 학교에서 어떤 지시가 있었던 것도 아니었다. 요 며칠 사이 유행처럼 빠르게 번졌다. 누구 하나 요란 떠는 사람 없이 자연스럽게 이런 현상이 벌어진 것이다.

별이 마중 나온 영심을 향해 말했다.

"개나리꽃 같지 않아요?"

별이 친구들이 달고 다니는 걸 가리켰다. 영심은 우르르 빠져나가는 아이들을 흘끗 바라보다가, 이내 고개를 떨어뜨렸다.

"얼른 가자."

영심이 재촉했다. 생각보다 별의 호기심은 집요했다.

"왜 하필 노란색일까요?"

영심의 가슴이 철렁 내려앉았다. 영심은 못 들은 척 고개를 돌렸다. 이런 마음을 알 리 없는 별이 새침하게 중얼거렸다.

"당연히 알아야 할 걸 나만 모르는 것 같아요."

별은 당장 검색 키를 작동하려다 멈추었다. 영심의 얼굴이 점점 굳어졌기 때문이다.

"아이들은 제가 로봇인 줄 모르니까요."

별이 변명하듯 말했다. 학교생활을 적응하지 못하고 혼자 겉도는 것처럼 비치는 게 싫어서 한 말이었다. 사실 영심의 시선은 다른 곳에 머물러 있었다. 그 모습을 뒤늦게 알아차린 별이 영심의 시선을 따라갔다. 아이들로 북적거리는 무한 리필 떡볶이 뷔페였다. 별은 이곳을 지나칠 때마다 영심의 시선이 가게 안에 머무는 걸 알고 있었다.

별이 용기 내어 말했다.

"우리도 저기서 떡볶이 먹고 가요."

"넌 맛도 느낄 수 없으면서 뭘."

"눈으로 느끼면 되죠. 같이 먹을 수는 있잖아요. 네?"

음식물 처리 기능 덕분에 먹는 데는 문제가 없지만, 로봇에게 매운 음식은 치명적이다. 그럼에도 별은 떡볶이를 먹고 싶었다. 영심과 함께하는 것이라면 기꺼이 그럴 수 있었다. 영심은 단칼에 거절했다. 떡볶이를 좋아하지 않는다고 했지만 어째 그 반대인 것처럼 느껴졌다. 별은 생각했다. 이마저 로봇인 자신을 배려하는 것이라고. 그 후로도 영심은 카페 안 풍경, 공원 산책로와 나무 의자, 아이스크림 가게 등에 시선을 뺏겼다가 거두곤 했다. 아니, 거의 매일 그랬다. 그곳엔 언제나 아이들이 있었다. 로봇이 아닌 인간들 말이다.

별은 얼른 화제를 돌렸다.

"2학년 선배들, 크루즈 체험 여행 간대요. 재밌겠죠?"

영심의 눈동자가 심하게 흔들렸다. 갑자기 중심을 잃었는지 몸이 기우뚱했다. 심장이 벌렁거려 걸을 수가 없었다. 두통까지 몰아쳤다. 결국 주저앉고 말았다. 영심의 입에서 신음이 새 나왔다.

"엄마!"

별이 화들짝 놀라며 영심에게 달려들었다. 영심이 식은땀을 흘리며 가쁜 숨을 내쉬었다. 별은 영심을 등에 들쳐 업었다. 영심의 머리가 등에 툭, 하고 떨어졌다. 별은 지체 없이 내달렸다. 지나가던 사람들이 신기하게 쳐다봤다. 별에게서 영심의 무게감이 전혀 느껴지지 않은 탓이었다. 별은 다른 사람들의 시선을 신경 쓸 여력이 없었다. 정말 단숨에, 순식간에 집에 도착했다.

영심을 침대에 눕히고 수열에게 전화를 걸었다. 영심이 손을 힘없이 내저었다. 전화를 끊으라는 신호였다. 다행히 의식은 있었다. 별은 차근차근 자초지종을 설명한 뒤 전화를 끊었다. 그제야 마음을 놓을 수 있었다. 별이 침대 옆 의자에 털썩 주저앉았다. 긴장이 풀린 탓인지 다리에 힘이 풀렸다.

영심이 힘없는 목소리로 말했다.

"딸내미가 있어서 정말 좋다."

"저도 엄마가 있어서 좋아요."

진심이었다. 별은 영심의 가슴에 얼굴을 묻었다. '엄마, 엄마, 엄마' 엄마라는 말은 인간이 만들어 낸 말 중에서 가장 아름다운 말인 것 같았다. 이토록 시리고도 따스하고 아름다운 말이 또 있을까? 별은 마음속으로 '엄마'라는 말을 반복해서 불러 보았다. 절로 운율이 생기고 빠른 템포와 느린 템포를 자연스럽게 넘나들었다. 어느 순간, 자장가처럼 들리기 시작하더니 찌릿찌릿 온몸의 전율과 함께 갑자기 어두워졌다.

"살려 주세요!"

잘못 들은 줄 알았다. 영심은 잠시 귀를 의심했다. 별이 악몽을 꾸는 듯 경련을 일으키더니 눈을 번쩍 떴다. 눈에서 빨간 광채가 서로 마찰을 일으키며 파닥거렸다. 흡사 신들린 무당 같았다.

영심이 다급하게 외쳤다.

"별. 괜찮니?"

마침 현관문 여는 소리와 함께 수열이 나타났다.

"별이 이상해!"

수열이 끼어들 틈 없이 영심이 좀 전의 상황을 속사포처럼 내뱉었다.

"당신은 괜찮은 거야?"

수열이 침착함을 잃지 않으려 애쓰며 물었다. 영심이 고개를 끄덕였다. 별은 여전히 경련을 일으키며 눈에 불꽃을 튀기고 있었다. 수열이 어디론가 전화를 걸었다. 수열이 상황을 설명하고 경청하기를 반복할 때였다. 별의 움직임이 삽시간에 푸욱 멈췄다. 눈을 뜬 채였다. 좀 전의 상황을 증명하듯 눈에 선혈이 낭자했다. 영심은 두려움과 공포로 온몸이 후들후들 떨렸다. 떠올리고 싶지 않은 기억이 자꾸 떠올라서였다.

수열은 전화를 끊고 영심을 안심시킨 후에 별의 상태를 체크했다.

"눈 속 혈관도 정상이고, 홍채도 문제가 없는데……."

수열의 말에 영심이 잽싸게 반박했다.

"피를 튀겼다니까."

"열선이 과열된 거겠지."

수열이 차분하게 말했다.

수열이 예리한 눈으로 별을 찬찬히 살폈다. 아무래도 배터리가 방전된 듯했다. 아무리 생각해도 이상했다. 별이 평균 정도의 에너지를 사용한다면 한 달은 끄떡없다. 그나마 잔여 사용량이 남아 있을 때 틈틈이 충전한다면 배터리가 방전되는 일은 없어야 했다. 사용 기간에 따라 수명이 짧아질 수는 있지만, 아직 그럴 시기는 아니었다. 배터리가 불량일 가능성도 배제하진 않았다. 하지만 그럴 가능성은 희박했다. 충분한 실험과 안전성 테스트를 거쳐 최상의 제품만이 별에게 제공되기 때문이다. 별은 그 성능을 확인시켜 주는 존재일 뿐이었다.

영심은 불안한 듯 방 안을 왔다 갔다 잠시도 가만있지를 못했다. 연신 중얼거렸지만 알아들을 수는 없었다. 보다 못한 수열이 영심을 진정시키려 다가갔다. 영심이 침대 밑으로 달싸닥 주저앉으며 말했다. 목소리가 떨리고 있었다.

"별이 살려 달라고 애원했어. 물에 빠진 사람처럼 버둥거리면서."

영심이 겁에 질린 눈으로 수열을 바라보았다.

"말이 되는 소리를 해. 별은……."

"로봇이니까 어쩌구저쩌구 그따위 말은 듣기 싫어!"

"여보."

수열이 영심의 말을 가로막으며 눈을 찡긋 감았다. 영심이 두 손으로 입을 틀어막으며 짧은 비명을 내질렀다. 별이 눈을 뜨고 영심과 수열을 바라보고 있었다.

"완전히 충전될 때까지 네 방에 가서 쉬려무나."

수열이 아무 일 없었다는 듯 별을 향해 말했다. 그러고는 경중경중 걸어가 방문을 열었다. 위험을 대비해 경계도 늦추지 않았다. 온몸이 저릿저릿하고 싸한 느낌은 영심도 마찬가지였다. 뭔지 모를 긴장감이 팽팽하게 감도는 순간이었다.

별이 기계 음성 톤으로 읊조렸다.

"살려주주, 세세세세, 요."

사색이 된 영심이 "악!" 비명을 지르며 귀를 틀어막았다.

"살려살려려려, 주주주, 주세세요."

언어 센서 기능에 문제가 있는 듯했다. 오류 표시에도 불구하고 별은 아랑곳하지 않고 반복해서 읊조렸다. 표정도 바뀌지 않았다. 눈빛은 서늘했다. 영심이 울먹이며 가슴을 쥐어짰다. 차라리 악몽을 꾸고 있는 것이라고 아니, 어쩌면 자신도 모르는 사이 미쳐 가고 있는지도 모른다고 생각했다. 그때였다.

"살려 주세요."

제대로 확인 사살이었다. 명중을 찔린 영심은 포효하듯 통곡하기 시작했다. 별은 마네킹처럼 눈 하나 깜박이지 않았으며, 자동 재생기를 틀어 놓은 것 같았다.

집 안은 별이 반복하는 음성과 영심의 울부짖음으로 아수라장이었다. 십 년 전 그날처럼. 잔인하고 잔인한 4월만 아니었어도 이토록 괴롭지는 않았을 것이다. 하는 수 없이 수열은 별을 강제로 이동시켰다. 별은 저항하지 않고 자신의 방으로 끌려 들어갔다.

얼마 후, 수열의 연락을 받고 직원이 도착했다. 별을 제조한 업체의 엔지니어다. 수열이 짬을 주지 않고 물었다.

"기억 프로그램이 자동으로 생성되기도 합니까?"

"외부의 자극을 받게 되면 가능은 하죠. 기억 프로그램도 자동 업그레이드가 되도록 설계를 해두었으니까요."

엔지니어의 말에 수열의 표정이 굳어졌다.

"외부의 자극이라 함은 어떤 경우를 말하는 겁니까?"

수열은 심각한 표정으로 엔지니어에게 물었다.

"새로운 정보가 입력될 경우, 호기심과 탐구심이 저절로 생성 되면서 문제를 해결하려는 욕구가 생성되는 거죠. 인간의 뇌와 크게 다르지 않을 겁니다."

"저희가 원치 않는 걸 기억하고 있었어요."

"반응하지 않으면 저절로 소멸됩니다. 걱정하지 마세요."

기억 프로그램에서 그 해 그날은 완전히 삭제되었으며, 구성 할 때부터 검색이 되지 않도록 만들었다는 걸 덧붙여 강조했다. 주문자의 주요 요건을 충족했다는 뜻이었다. 두 사람의 대화를 듣고 있던 영심이 울먹이며 말했다.

"악몽을 꾸면서 살려 달라고 애원했어요."

엔지니어가 수열을 바라보았다. 로봇이 꿈을 꾼다는 걸 증명

할 방법은 없었다. 하지만 수열은 영심의 말을 믿고 싶었다. 논리적으론 설명할 순 없지만, 수열도 느꼈던 서늘한 기운을 기분 탓으로 돌리기엔 무리가 있었다. 수열이 머뭇거리는 사이 영심이 잽싸게 끼어들었다.

"구천을 떠도는 귀신이 빙의된 게 분명해요."

"사모님, 별은 로봇입니다. 게다가 그런 미신을……."

엔지니어가 안타까운 듯 말했다. 영심의 과민함을 염려해서였다. 그러고는 수열을 향해 조용히 말했다.

"아직 별을 만나지 못했는데요."

"아, 내 정신 좀 봐. 이쪽으로 오십시오."

수열이 앞장서며 말했다. 엔지니어가 수열의 안내를 받으며 걸음을 옮기려 하자, 영심이 다소 격분한 목소리로 외쳤다.

"꽃 같은 영혼이 구천을 떠돌고 있다고요!"

두려움과 공포감이 깃든 목소리였다.

잠시 정적이 흘렀다. 엔지니어는 긍정도 부정도 하지 않는 수열을 가만히 응시했다. 수열은 난감했다. 엔지니어는 뭔가 할 말이 있는 듯했으나 침묵했다.

별은 세상 평화로운 표정으로 충전 중이었다. 깊은 잠에 빠진 듯했다. 엔지니어는 별의 상태를 체크했다. 수열은 그를 방해하고 싶지 않았다. 오로지 영심 걱정뿐이었다. 이 모든 일은 그녀가 쇼크로 의식을 잃은 순간부터일 것이다. 별이 앵무새처럼 반복했던 구호는 어떻게 설명할 것인가? 생각이 많아질 수밖에 없었다.

다행히 아무 일도 일어나지 않았다. 따분하고 지루할 정도로 평화로웠다. 문득 엔지니어가 한 말이 떠올랐다. 그는 돌아가기 전, 조심스럽게 말했다.

"사모님이야말로 충전이 필요해 보입니다."

맞는 말이었다. 진짜 방전을 염려해야 할 사람은 영심인지도 몰랐다. 긴 세월 동안 죄책감을 떨치지 못하고 살았다. 아무렇지 않다면 그게 더 이상한 일이었다.


그냥 눈이 떠졌다. 별은 멍한 상태로 허공을 응시했다. 그러다 벌떡 일어나 거실로 나갔다. 반쯤 열린 거실 창, 바람에 흔들리는 커튼. 언뜻 보면 평화로워 보였지만 뭔가 달랐다. 폭풍우가 휩쓸고 지나간 뒤의 고요함이랄까? 묘한 긴장감이 맴돌았다.

안방 문은 굳게 닫혀 있었다. 닫혀 있는 게 당연한데, 낯설게 느껴지는 건 기분 탓일까? 그보다 밤사이의 시간이 싹둑 잘려 나간 것 같았다. 영심과 따뜻한 말을 주고받았고, 아름다운 선율 위에 '엄마'라는 가사를 얹어 노래했고, 짜릿한 행복감을 느꼈더랬다. 그다음, 그다음이 깜깜했다. 아무것도 기억나지 않았다. 별이 거실 창을 닫고 소파에 앉았을 때였다.

벌컥 안방 문이 열렸다. 영심이었다. 몹시 수척해진 얼굴로 그녀가 천천히 걸어 나왔다. 악몽에 시달리다 깨어난 사람처럼 눈에 초점이 없었다. 아니, 도통 잠을 못 잔 얼굴이었다.

"창이 열려 있어서 조용히 닫는다는 게 그만."

별이 더듬거리며 말했다. 잘려 나간 시간에 무슨 일이 있었던 게 분명했다. 영심은 대답 없이 앞으로 다가왔다. 그러더니 다짜고짜 이렇게 말했다.

"한별아, 아까는 엄마가 몰라봐서 미안해. 서운했지? 응?"

영심의 두 손이 별의 얼굴 구석구석을 스쳐 지나갔다.

"저는 별입니다."

별이 가까스로 대답했다.

"아니. 넌 한별이야. 한별이가 분명해."

별은 당혹스러웠다. 영심의 목소리가 점점 격앙되었다.

"한순간도 나는 네가 로봇이라고 생각한 적 없어. 처음부터 넌, 한별이었으니까. 네 아빠는 아니라고 하지만 난 알아. 내가 어떻게 딸을 몰라보겠어. 안 그래? 응?"

영심은 확신에 찬 목소리로 속사포처럼 떠들어 댔다.

"제발 그만 좀 해!"

수열이 소리치며 나왔다. 웬만해선 화를 내지 않던 그였다. 스스로도 놀란 모양이었다. 목소리가 한풀 꺾인 채 이어 말했다.

"한별이 죽은 지 십 년이야. 이제 인정하자. 응?"

"뭘? 뭘 인정하라는 거야. 버젓이 살릴 수 있는 애를 죽게 내버려 뒀잖아. 그냥 죽게 내버려 두는 거 당신도 똑똑히 봤잖아. 그것도 모르고 우리는 말 잘 들어라, 어른들이 구해 줄 거다, 시키는 대로 해라, 별일 없을 거야. 그러고 있었다고. 아이가 죽어 가는데 당신하고 내가 등신같이 그러고 있었다고!"

수열은 말문이 턱 막히고 말았다. 입이 열 개라도 할 말이 없었다.

십 년 전.

침몰해 가는 유람선 선채의 유리창 너머 한 소녀가 온몸으로 절규하고 있었다.

그 시각.

영심은 회사 거래처와 미팅 중이었고, 수열은 지방으로 물품 운송 중이었다. 각자가 속한 직장에서 열심히 일하는 중이었다. 한별의 톡을 동시에 받은 것도 그즈음이었다.

─ 나 어떡해? 너무 무서워! 배가 기울었어.

하지만 영심은,

─ 튀는 행동하지 말고, 인솔자들 말 잘 들어.

수열은,

─ 구조대가 출동했으니 걱정 마. 구해 줄 거야.

라고만 했다.

모든 언론과 뉴스는 구조 중임을 강조하고 있었고, 당연히 별 일 없을 거라고 생각했다. 철석같이 믿었다. 심지어 한별은 이런 내용을 톡으로 보내왔었다.

─ 선상에 나가 있는 애들이 걱정돼.

그건 한별이 인솔자들의 말을 잘 듣고 있다는 뜻이었다. 그 시각 배의 침몰 장면을 보게 된 건 하루가 지나서였다.

"살려 주세요! 살려 주세요!"

선채의 유리창 너머, 소녀는 온몸으로 외치고 있었다. 텔레비

전 앞에서 그 장면을 지켜보던 수열과 영심은 자신들의 눈을 의심했다.

"한별이 아니야? 한별이 같은데?"

영심은 조바심을 내며 선채의 유리창을 가리켰다. 유리창은 절반이 물속에 잠긴 상태였다. 그 앞에는 구명보트를 탄 해경이 다급하게 구조 활동 중이었다. 해경은 소녀를 코앞에 두고서도 발견하지 못하고 있었다. 수열은 소녀가 한별인지 감별하기 어려웠지만, 어차피 모든 아이가 한별이나 마찬가지였다. 수열 혼자 조바심을 내며 화를 냈다.

"저 새끼, 뭐야. 고개만 돌려도 볼 수 있는걸. 봐, 보란 말이야?"

수열의 입에서 욕지거리가 튀어나왔다.

소녀와 해경은 점점 멀어져 갔다. 그사이 배는 점점 기울었고, 유리창도 유리창 너머의 소녀도 물속으로 사라졌다. 그나마 '가만히 있으라'는 안내 방송을 듣지 않고 선상으로 뛰쳐나온 아이들은 살아남았다.

"나 때문이야. 내가 말 잘 들으란 말만 하지 않았어도……!"

영심은 식음을 전폐하며 앓아누웠다.

오 년이란 시간이 흐른 뒤였다. 영심은 한별의 죽음을 부정하기 시작했다. 머리카락 한 올, 뼛조각 하나 찾지 못했다는 게 이유였다. 이유 같지 않은 이유란 걸 영심이 모를 리 없었다. 어쩌면 기다림에 지친 나머지, 그렇게라도 희망의 끈을 놔 버리고 싶지 않은 것이리라.

"이제부터 저는 '장한별'인가요?"

별이 불쑥 물었다.

"아니다."

수열이 대답했다.

"아니. 장한별이 맞아."

영심이 강한 어조로 말했다.

"저는 로로로……별, 입니까?"

별은 언어 작동이 꼬여 버릴 정도로 혼란스러웠다. 수열이 영심을 돌려세웠다. 영심의 눈동자가 심하게 흔들렸다. 수열은 영심의 눈동자를 애원하듯 바라보았다. 영심이 겁에 질린 눈으로 수열을 바라봤다.

수열이 조곤조곤한 목소리로 말했다.

"당신 잘못이 아니야."

영심의 몸이 스르르 풀리는 듯했다. 수열이 작정한 듯 말했다.

"다른 사람들은 잊어도 우린 똑똑히 기억해야지. 당신, 하나도 잊지 않고 있잖아. 한별인 우리 가슴에 늘 함께 있잖아. 그러니까 이제 한별이 보내 주자. 한별이 죽음 인정하자. 응?"

영심이 흐느적 바닥으로 주저앉았다. 초점 없는 눈이 한동안 바닥 어딘가에 붙박였다. 그러고는 이내 눈을 질끈 감았다. 흑, 흐윽! 영심이 흐느꼈다. 꺽, 끄억. 울음을 삼켰다가 또 쏟아 내기를 반복했다. 수열이 말없이 다가가 영심을 끌어안았다. 그렇게 한참을 영심은 수열의 품에서 목 놓아 울었다.

아침에 멀쩡하게 나갔던 아이가 그 길로 영영 돌아오지 못하게 된 것도 모자라, 실시간으로 죽어 가는 것을 지켜봤다면, 바보같이 아무것도 못 하고 지켜볼 수밖에 없었다면……. 수열은 누구보다 영심을 이해한다.

별은 수열을 통해 자신과 똑 닮은 언니가 있었다는 걸 알게 되었다. 언니 이름이 한별이라는 것도. 언니와 언니 친구들의 죽음에 대한 이야기도. 이제야 별은 영심의 아픔을 공유할 수 있게 되었다.

"그냥 갑자기 어두워졌어요. 그 뒤로는 생각이 나지 않아요."

별이 기억을 떠올리려 애쓰며 말했다.

"어두워지기 전에는?"

수열이 집요하게 물었다.

"엄마, 엄마, 엄마……. 이렇게 노랠 불렀어요."

별이 얼굴을 붉혔다. 수열과 영심이 동시에 서로를 바라보았다. 영심은 이미 눈물이 그렁그렁한 상태였다. 수열은 엔지니어가 한 말을 떠올렸다.

"최근 검색어가 모두 그날의 참사와 관련된 키워드였습니다. 아무래도 전국적으로 추모제가 열리는 날이다 보니 호기심으로 검색을 해 봤을 겁니다. 그 과정에서 혼잣말했을지도 모르겠습니다."

영심의 말을 빌리면, 별이 노란 리본에 대해 몹시 궁금해했다고 했다. 엔지니어의 말은 어느 정도 개연성이 있어 보였다. 그렇다 쳐도, 악몽을 꾸며 살려 달라고 애원한 건 어떻게 설명할 것인가? 수열이 목격하진 못했지만 분명한 건 영심은 진실을 말하고 있다. 표정을 보면 알 수 있었다.

"한별이가 엄마 찾아왔나 보다. 당신, 추모제에 참석한 적 없잖아."

"추모는 죽은 사람을 기리는 거잖아. 한별이가 죽은 거 확인했어? 확인했냐고!"

"당신 입으로 말했잖아. 꽃다운 영혼이 구천을 떠돈다며!"

"그, 그건……. 흐윽!"

영심의 복잡한 심정을 이해 못 하는 건 아니었다. 그렇다고 별이 한별이를 대체할 수는 없는 노릇이었다. 영심이 받아들여야 할 것은 딸의 죽음만이 아니었다. 별은 별이고, 한별인 한별이라는 걸 영심이 수긍해야 한다. 수열이 한참을 고심하다 조심스럽게 말했다.

"심리 치료 다시 시작하자."

이 말을 듣자마자 영심은 자리에서 일어나 방으로 들어가 버렸다. 별이 따라 들어가려는 걸 수열이 막았다. 영심의 심경에 변화가 일어났음을 수열은 느낄 수 있었다. 지금은 영심이 스스로 뭔가를 제안할 때까지 기다려 보기로 했다.

"그날 내가 널 보내지만 않았어도 네가 그렇게 허망하게 가진 않았을 텐데. 컨디션이 좋지 않다는 앨 꾸역꾸역 챙겨 보낸 게 지금도 한이 되는구나. 아파도 학교 가서 아프라고 한 거 정말 미안하다. 엄마가 미안해! 미안해, 정말 미안해!"

영심이 한탄 섞인 타령을 쏟아 냈다.

"얼마나 무서웠을까? 차디찬 물속에서 얼마나 얼마나……
흑!"

그 후로도 통곡은 밤새 끝날 줄을 몰랐다. 수열은 영심을 말리
지 않았다. 별은 영심의 통곡을 들으며 언니를 떠올렸다. 한 번
도 수열과 영심의 말을 거역한 적 없던 착한 딸. 대체 착하다는
건 어떤 걸까? 로봇의 숙명이 인간에 대한 절대복종이라면, 인
간의 숙명은 어른의 말에 순종하는 걸까? 아니, 정확히 말하자면
과거엔 그랬던 모양이다. 인간이었던 언니가 로봇인 자신과 다
르지 않았다는 게 위로가 되면서도 씁쓸했다.

그 후로 몇 주가 지난 토요일 아침이었다.

영심이 수열과 별을 창고 앞으로 집합시켰다. 이곳은 수열조
차도 접근 금지 구역이었다. 영심의 아지트였기 때문이다. 영심
은 뭔가 큰 결심을 한 듯 표정마저 결연했다.

"그동안 한별이를 너무 꽁꽁 가둬 둔 것 같아."

영심의 말에 별은 지레 겁을 먹었다. 로봇에게는 없는 영혼, 귀
신이 어쩌면 존재할지도 모른다는 생각이 들었다.

한편 수열은 몹시 기대에 찬 표정이었다. 오 년이 지나도 딸
의 생사를 확인할 길이 없자 영심은 거의 산송장 같았다. 동네를

떠나고 싶다고 말한 건 영심이었다. 일말의 고민도 하지 않았다. 어떻게든 슬픔의 늪에서 빠져나오고 싶었다.

그날로 수열과 영심은 강원도 화천, 홍천, 횡성 등의 버려진 농가, 경기도 가평, 양평, 파주 일대의 빈집들을 찾아다녔다. 그러다 이 집을 발견하고 단박에 이사를 결심했다. 이유는 간단했다. 마당 한 편을 차지하고 있는 창고가 영심의 맘에 들었기 때문이었다.

영심은 수열이 일터에 나가 있는 시간이면 창고에서 시간을 보냈다. 언제든 한별이 돌아오기만을 기다리면서. 매일매일 이곳에서 한별이를 만났다. 단지 실체가 없었을 뿐이었다. 보다 못한 수열이 앞장서서 로봇 입양을 추진하게 된 것이다. 별이 입양된 날, 영심은 진심으로 믿고 싶었다. 죽은 딸이 돌아온 거라고. 드디어 자신의 기도를 들어준 거라고. 하지만 영심도 알고 있었다. 별이 한별이가 아니란 것은.

스륵. 창고 잠금장치가 열리는 소리가 들렸다. 수열이 침을 꼴깍 삼켰다. 지잉. 별이 이상한 기계음을 냈다. 긴장하면 새 나오는 소리였다. 드디어 자동문이 열리기 시작했다. 마치 천국의 문이 열리는 듯했다. 영심이 안으로 들어서자 자동으로 천장의 조명 등이 켜졌다. 마침내 문이 활짝 열렸을 때였다.

"갤러리잖아!"

수열이 깜짝 놀라며 두리번거렸다. 별은 놀라움으로 입을 다물지 못했다. 그동안 영심이 이곳에서 느꼈을 감정들이 한꺼번에 밀려드는 것 같았다.

"우리 한별이 그림 그리는 거 좋아했잖아. 그림책 작가가 되고 싶다고 했는데……."

영심이 말을 잇지 못했다.

"내가 그림 그리는 거 싫어했잖아. 그림이 밥 먹여 주냐고 타박만 했지."

정말 하나도 버리지 않았다. 그림 낙서 하나도 버리지 않고 간직하고 있었다.

"한별이가 돌아온다면 갤러리를 선물하고 싶었어."

영심이 덤덤하게 말했다. 미술관 전시 기획 일을 했던 경력을 아낌없이 쏟아부은 탓이었다. 말문이 막힌 채 울고 있는 건 수열이었다. 수열은 목이 메인 듯 힝, 히잉! 짐승 같은 울음을 토해 내며 간신히 버티고 있었다. 지나온 삶이 그림 속에 고스란히 담겨 있었기 때문이었다. 별은 그림 속의 장면이 파노라마처럼 펼

쳐졌다. 제조 당시 별의 기억 장치에 반영된 탓이었다.

"이제 이곳을 개방하고 싶어."

수열은 대답 대신 고개를 끄덕였다. 누구보다 격렬히 찬성한다고, 지금 이 순간을 너무나 기다렸다고 온몸으로 말하고 있었다. 이번엔 영심이 수열을 안고 다독였다.

이뿐만이 아니었다. 영심이 한쪽 벽면에 설치한 영상 스크린을 작동시켰다. 까르륵. 아이의 웃음소리로 시작된 영상은 관람 내내 수열과 영심을 울고 웃게 만들었다. 무엇보다 약수터 등산로가 인상적이었다. 아름다운 풍경을 계절마다 선사하는 것도 모자라, 가족의 성장 과정이 해마다 다른 느낌으로 담겨 있었다.

"아이, 똥 냄새!"

어린 한별이가 은행나무 열매를 밟고 징징대는 장면에선 다 같이 웃음을 터뜨렸다.

"한별이가 흑역사라고 했던 장면이야. 자연의 향수 냄새를 모를 때였다나 뭐라나."

"똥 냄새 말인가요?"

"좀 지독하긴 하지."

별의 물음에 영심이 코를 찡긋거리며 딴소리를 했다. 마침 그림 하나가 별의 눈에 들어왔다. 은행나무 숲을 배경으로 그린 그림이었다. 별이 그림을 가리키며 코를 막는 시늉을 했다. 꽤 기계적이면서도 사실적인 표현력에 웃음이 터졌다. 영상은 유아기, 유년기, 청소년기로 구분되어 있었다. 그동안 영심이 슬픔에만 빠져 지내지 않았다는 증거였다. 어찌 보면 남들보다 몇 배는 힘든 이별을 준비하는 시간이었다.

"다음 유가족 모임은 여기서 할까?"

수열이 조심스레 제안했다. 영심도 흔쾌히 허락했다. 대신 소원이 있다고 했다.

"진도 씻김굿이라는 게 있대. 죽은 이의 영혼을 저승으로 인도하는 의식이래. 이제 한별이 보내 주려고. 당신이 반대해도 나는 할 거야. 뭐라도 하지 않으면 내가 미칠 것 같거든? 허락할 거지?"

"그러자. 한별이 좋은 곳으로 보내 주자."

수열과 영심이 오랜만에 마주 보고 웃었다.


바람이 적당히 부는 날이었다. 바다의 물결도 적당한 날이었다. 영심은 진도 앞바다를 바라보며 지나온 시간을 되새겨 보았다. 너무 오랫동안 마음을 닫고 살았다. 씻김굿을 한다는 소식을 듣고 유가족들이 한달음에 달려와 하룻밤을 꼬박 함께해 주었다. 그동안 영심은 실종자 가족이라는 꼬리표가 싫어 유가족들과 어울리지 않았다. 결국 한별이가 자신을 세상 밖으로 끌어내 준 셈이었다.

"한별이 좋은 곳으로 잘 가고 있겠지?"

수열이 말없이 다가와 영심의 어깨를 감싸 주었다. 끊어질 듯 애절하게 이어지던 삼장개비장단의 여운이 귓가를 맴돌았다. 무녀의 춤과 절절한 목소리를 떠올리면 금세 눈물샘이 펑펑 터져 버렸다. 영심의 마음이 수열의 마음이었다.

"우리 한별이 이 산에서 쉬고, 저 산에서도 쉬면서, 좋은 곳으로 가고 있을 거야."

이제 영심은 미소 지을 수 있었다.

영심이 나지막이 말했다.

"약수터 가고 싶어."

그곳은 그동안 잃어버렸던 시간이 추억으로 남아 있는 장소이기도 했다. 수열은 말없이 운전대를 잡았다.

다행히 어두워지기 전에 약수터에 도착했다. 이곳을 떠날 때와는 달리 마을이 안정을 되찾은 모습이었다. 너무 많은 아이가 꽃다운 나이에 세상을 떠났다. 슬픔과 원망으로 곡소리가 끊이질 않던 곳이었다. 산 사람은 또 살아가게 마련이었다. 수열이 앞장서고 영심과 별이 그 뒤를 따랐다. 영심의 머릿속엔 어린 한별이가, 이제 막 사춘기에 접어든 한별이가, 꿈 많던 열여덟의 한별이가 생생하게 떠올랐다. 매 순간이 한별이와 함께였다. 그 어린 영혼이 얼마나 외로웠을까, 생각하니 마음이 찢어지는 것 같았다. 영심은 별의 손을 놓칠세라 꼭 잡았다.

"아빠랑 엄마 말이 다 옳지는 않아. 그러니까 아니다 싶으면 네 생각대로 해."

"정말입니까?"

"명령이야."

"복종하고 싶어서 복종하는 것은 복종이 아닌 거죠."

별이 새침한 표정으로 말했다. 한별을 떠올리게 하는 익숙한 너스레였다. 영심의 입가에 미소가 번졌다. 잠시 숨 고르기를 할 때였다.

"은행잎이 벌써 노랗게 물들었네!"

수열이 약수터 명물인 은행나무 숲을 가리키며 외쳤다.

"초여름에?"

가을에나 볼 수 있는 초절정의 황금물결이라니. 영심은 보면서도 믿기지 않는 듯 되물었다.

"와, 멋지다!"

별이 감탄하며 앞으로 내달렸다. 수열과 영심도 걸음을 재촉했다. 뭔가 묘한 기운이 수열 일행을 강렬하게 끌어당기는 것 같았다.

은행나무 숲에 다다를 즈음이었다. 나비들이 나풀나풀 춤을 추더니, 약속이나 한 듯 일제히 확 날아올랐다. 순식간에 하늘은 노란 나비들의 군무로 황홀경에 이르렀다. 수열과 영심은 홀린 듯이 나비들을 쫓았다.

별은 홍채의 카메라 센스를 작동시켜 미친 듯이 셔터를 눌렀다. 찰나의 순간도 놓치지 않겠다는 각오로. 나비들의 군무는 신비로운 전율로 시공간을 초월한 듯한 착각을 일으켰다. 그렇게 서로의 존재도 잊은 채 혼신을 다해 몰입하고 있을 때였다. 어느덧 해는 한 귀퉁이씩 야금야금 사라지고 있었다. 나비들의 군무도 일몰과 함께 사라질 것만 같았다. 가슴이 먹먹해지는 순간이었다.

"엄마 아빠는 내가 지킬게!"

별이 있는 힘을 다해 소리쳤다.

그 순간, 나비 한 마리가 나푼나푼 내려와 별과 영심, 수열 주변을 뱅그르르 돌았다. 그러고는 화르륵 날아올랐다. 일몰 이후의 노을은 더할 나위 없이 아름다웠다. 나비의 춤사위는 화사하다 못해 눈이 부셨다. 이내 나비들은 약속이나 한 듯 노을 속으로 유유히 사라졌다. 그렇게 신기루처럼 사라져 버렸다.

별은 몸에서 점점 힘이 빠지는 걸 느낄 수 있었다. 급격히 에너지가 고갈되고 있었다. 곧 방전이 될 것 같았다. 하지만 영심과 수열을 실망시킬 수는 없었다. 별은 남은 힘을 모조리 끌어모아 숲을 바라보았다. 그제야 약수터의 풍경이 눈에 들어왔다. 초록 잎이 무성한 은행나무들이 바람에 흔들리며 기분 좋은 소리를 냈다.

아직 황홀경에서 빠져나오지 못한 영심은 사뿐사뿐 걸어가 은행나무 한 그루를 꼬옥 끌어안았다. 이럴 때면 한별이 영심을 따라 하곤 했었다. 나무는 알고 있으리라. 한별 가족의 성장 과정을, 추억을, 사랑을 말이다. 그렇게 한참 동안 영심은 나무와 교감을 나누었다. 수열과 별이 그 의식에 동참했다. 마침내 의식이 끝날쯤이었다. 별의 입에서 이런 말이 튀어나왔다.

"충전을 완료했습니다."

음성 센서 오작동이 의심될 정도로 목소리가 또랑또랑 울렸다. 숲 어디선가 메아리가 날아와 응답했다.

충전을 완료했습니다.

—작가의 말—

그리움이 그리움에게

'그중에 그대를 만나'라는 노래가 있다. 내 이야기 속 인물들이 그렇다. 하고많은 사람 중에 하필이면 나를 만나 고생만 했다. 좀 더 유능하고 유쾌한 사람을 만났더라면 완전히 다른 세상에 살고 있지 않았을까?

애초에 쥐 죽은 듯 조용히 살겠다는 걸 애걸복걸 끌어낸 건 나였다. 달랑 몸뚱이 하나뿐이면서 무슨 배짱이었는지 모르겠다. 숨어 있지 말고 목소리를 내 보자고 꼬드긴 것도 나였다. 기어이 일을 벌이고 나서야 덜컥 겁이 났다. 비장함은 사라지고 어린애처럼 보채고 투정 부리기 일쑤였다. 우리의 존재 이유에 대해 수시로 의심했다. 호락호락하지 않은 세상 탓만 했다. 되돌아보니 참 염치도 없었다. 다행히 우리는 서로에게 서서히 스며들었고 하나가 됐다. 드디어 해낸 것이다. 무모하게 세상에 뛰어들었던 용기가 빛을 발하는 순간에 이르렀으니, 그것으로도 족하다. 남은 건 각자의 몫이다. 이제 가슴 뜨겁게 차오르는 이름들에게 작별을 고할 시간이다.

민준이는 누구보다 아빠의 안위를 걱정하고 있는 사람이 엄마임을 깨달았을 것이다. 내내 흩어져 살다가도 다시 뭉쳐 살기도 하고, 내내 뭉쳐 살다가 흩어져 살기도 하는 게 가족이다. 어떤 상황에서도 가족은 가족이니까 너무 불안해하지 않았으면 좋겠다.

유라도 마찬가지다. 열일곱 생애 동안 할머니를 만난 물리적 시간이 고작 몇 개월뿐일지라도, 한순간도 연결되지 않았던 적은 없었다는 걸 깨달았을 것이다. 할머니에겐 존재 자체로 충분히 반짝였다는 걸 알았으면 좋겠다.

꽃청년 이수하 순경에게는 정우를 부탁하고 싶다. 정우에게는 수하를 부탁하고 싶다. 길을 가다가 불현듯 서로를 떠올린다면 외로워도 혼자는 아닐 것이므로. 그렇게 서로에게 조금은 기대도 좋지 않을까 싶다.

마지막으로 별 가족의 행복을 빈다. 언젠가 한별이 이름을 딴 갤러리에서 작은 공연을 열었으면 좋겠다. 우리는 절대로 한별이를 잊지 않을 테니까. 한별이를 기억하는 일이 고통스럽지 않았으면 좋겠다.

이렇게 써 놓고 보니, 결국은 그리움만 남은 것 같다. 뭐 어떤가. 그리우면 그리운 대로, 그리워서 눈물 흘리더라도 서로를 불쑥불쑥 그리워했으면 좋겠다. 그리움들이 당차고 야무지게 세상을 향해 나아가기를 바라고 또 바랄 뿐이다. 그동안 진심으로 고마웠다. 함께여서 외롭지 않았다. 부디 행운을 빈다.


어느 여름날 아침

심은경